外篇　卷五

治道

廟堂之上，以養正氣爲先；海宇之内，以養元氣爲本。能使賢人君子無鬱心之言，則正氣培矣；能使群黎百姓無腹誹之語，則元氣固矣。此萬世帝王保天下之要道也。

六合之内，有一事一物相凌奪假借而不各居其正位不成清世界，有匹夫匹婦冤抑憤懣而不得其分願不成平世界。

天下萬事萬物皆要求個實用，實用者與吾身心關損益者也。凡一切不急之物，供耳目之玩好，皆非實用也。愚者甚至喪其實用以求無用，悲夫！是故明君治天下，必先盡革靡文而嚴誅淫巧。

當事者若執一簿書尋故事，循弊規，只用積年書手也得。

興利無太急，要左視右盼；革弊無太驟，要長慮却顧。

苟可以柔道，理不必悻直也；苟可以無爲，理不必多事也。

經濟之士，一居言官，便一建白，此是上等人，去緘默保位者遠。只是治不古，若非前人議論不精，乃今人推行不力，試稽舊牘，今日我所言，昔人曾道否？若只一篇文章了事，雖奏牘如山，只爲紙筆作孽障，架閣上添鼠食耳。夫士君子建白豈欲文章奕世哉？冀諫行而民受其福也。今詔令刊布遍中外，而民間疾苦自若，當求其故，故在實政不行而虚文搪塞耳。綜核不力，罪將誰歸？

爲政之道，以不擾爲安，以不取爲與，以不害爲利，以行所無事爲興廢起敝。

從政自有個大體。大體既立，則小節雖抵牾，當別作張弛，以輔吾大體之所未備，不可便改弦易轍。譬如待民貴有恩，此大體也。即有頑暴不化者，重刑之，而待民之大體不變。待士有禮，此大體也，即有淫肆不檢者，嚴治之，而待士之大體不變。彼始之寬也，既養士民之惡；終之猛也，概及士民之善，非政也，不立大體故也。

爲政先以扶持世教爲主。在上者一舉措間而世教之隆污、風俗之美惡繫焉。若不管大體何如，而執一時之偏見，雖一事未爲不得，而風化所傷甚大，是謂亂常之政，先王慎之。

人情之所易忽莫如漸，天下之大可畏莫如漸。漸之始也，雖君子不以爲意。有謂其當防者，雖君子亦以爲迂。不知其極重不反之勢，天地聖人亦無如之奈何，其所由來者漸也。周、鄭交質，若出于驟然，天子雖孱懦甚，亦必有恚心。諸侯雖豪橫極，豈敢生此念？迨積漸所成，其流不覺至是。故步視千里爲遠，前步視後步爲近。千里者，步步之積也。是以驟者，舉世所驚；漸者，聖人獨懼。明以燭之，堅以守之，毫髮不以假借，此慎漸之道也。

君子之于風俗也，守先王之禮而儉約是崇，不妄開事端以貽可長之漸。是故漆器不至金玉，而刻鏤之不止，黼黻不至庶人，錦綉被墻屋不止。民貧盜起不顧也，嚴刑峻法莫禁也。是故君子謹其事端，不開人情竇而恣小人無厭之欲。

著令甲者，凡以示天下萬世，最不可草率，草率則行時必有滯礙。最不可含糊，含糊則行者得以舞文。最不可疏漏，疏漏則出于吾令之外者無以憑借，而行者得以專輒。

築基樹臬者，千年之計也。改弦易轍者，百年之計也。興廢補敝者，十年之計也。塈白黝青者，一時之計也。因仍苟且，勢必積衰；助波覆傾，反以裕蠱。先天下之憂者，可以審矣。

氣運怕盈，故天下之勢不可使之盈。既盈之勢，便當使之損。是故不測之禍、一朝之忿，非目前之積也，成于勢盈。勢盈者不可自損，捧盈卮者，徐行不如少挹。

微者正之，甚者從之，從微則甚，正甚愈甚。天地萬物氣化人事莫不皆然。是故正微從甚，皆所以禁之也，此二帝三王之所以治也。

聖人治天下，常令天下之人精神奮發，意念斂束。奮發則萬民無弃業，而兵食足、義氣充，平居可以勤國，有事可以捐軀。斂束則萬民無邪行，而身家重、名檢修，世治則禮法易行，國衰則奸盜不起。後世之民怠惰放肆甚矣。臣民而怠惰放肆，明主之憂也。

能使天下之人者，惟神、惟德、惟惠、惟威。神則無言無爲而妙應如響，德則共尊共親而歸附自同。惠則民利其利，威則民畏其法，非是則動衆無術矣。

只有不容已之真心，自有不可易之良法。其處之未必當者，必其

思之不精者也。其思之不精者，必其心之不切者也。故有純王之心，方有純王之政。

《關雎》是個和平之心，《麟趾》是個仁厚之德，只將和平仁厚念頭行政，則仁民愛物，天下各得其所。不然《周官》法度以虛文行之，豈但無益，且以病民。

『民胞物與』，子厚胸中合下有這段着痛着癢心，方説出此等語。不然只是做戲的一般，雖是學哭學笑，有甚悲喜？故天下事只是要心真。二帝三王親親仁民愛物，不是向人學得來，亦不是見得道理當如此。曰親、曰仁、曰愛，看是何等心腸，只是這點念頭懇切殷濃，至誠惻怛，譬之慈母愛子，由不得自家，所以有許多生息愛養之政。悲夫！可爲痛哭也已。

爲人上者，只是使所治之民個個要聊生，人人要安分，物物要得

所，事事要協宜，這是本然職分。遂了這個心，纔得暢然一霎歡，安然一覺睡。稍有一民一物一事不妥貼，此心如何放得下？何者？爲一郡邑長，一郡邑皆待命于我者也。爲一國君，一國皆待命于我者也。爲天下主，天下皆待命于我者也。無以答其望，何以稱此職？何以居此位？夙夜汲汲圖惟之不暇，而暇于安富尊榮之奉，身家妻子之謀，一不遂心而淫怒是逞邪？夫付之以生民之寄，寧爲盈一己之欲哉？試一反思，便當愧汗。

王法上承天道，下順人情，要個大中至正，不容有一毫偏重偏輕之制。行法者要個大公無我，不容有一毫故出故入之心，則是天也。君臣以天行法，而後下民以天相安。

人情天下古今所同，聖人懼其肆，特爲之立中以防之，故民易從。有亂道者從而矯之，爲天下古今所難爲之事，以爲名高，無識者相與

駭异之，崇奬之，以率天下。不知凡于人情不近者，皆道之賊也。故立法不可太激，制禮不可太嚴，責人不可太盡。然後可以同歸于道，不然是驅之使畔也。

民情有五，皆生于便。見利則趨，見色則愛，見飲食則貪，見安逸則就，見愚弱則欺，皆便于己故也。惟便則術不期工而自工，惟便則奸不期多而自多。君子固知其難禁也，而德以柔之，教以諭之，禮以禁之，法以懲之。終日與便爲敵而竟不能衰止。禁其所便與强其所不便，其難一也。故聖人治民如治水，不能使不就下，能分之使不泛溢而已。堤之使不决，雖堯、舜不能。

堯、舜無不弊之法，而恃有不弊之身，用救弊之人，以善天下之治，如此而已。今也不然，法有九利不能必其無一害，法有始利不能必其不終弊。嫉才妒能之人，惰身利口之士，執其一害終弊者訕笑之，謀

國不切而慮事不深者從而附和之，不曰『天下本無事，安常襲故何妨』，則曰『時勢本難爲，好動喜事何益』。至大壞極弊，瓦解土崩，而後付之天命焉。嗚呼！國家養士何爲哉？士君子委質何爲哉？儒者以宇宙爲分內何爲哉？

官多設而數易，事多議而屢更，生民之殃未知所極。古人慎擇人而久任，慎立政而久行。一年如是，百千年亦如是，不易代不改政，不弊事不更法。故百官法守一，不敢作聰明以擅更張。百姓耳目一，不至亂聽聞以乖政令。日漸月漬，莫不遵上之紀綱法度以淑其身，習上之政教號令以成其俗。譬之寒暑不易，而興作者歲歲有持循焉；道路不易，而往來者年年知遠近焉。何其定靜！何其經常！何其相安！何其易行！何其省勞費！或曰：法久而弊，奈何？曰：尋立法之本意而救偏補弊耳。善醫者去其疾不易五臟，攻本臟不及四臟。善補者縫其破不剪餘完，浣其垢不改故制。

聖明之世，情禮法三者不相忤也。末世，情勝則奪法，法勝則奪禮。

湯、武之《誥》、《誓》，堯、舜之所悲，桀、紂之所笑也。是豈不示信于民而白己之心乎？堯、舜曰：何待嘵嘵爾示民，民不忍不從。桀、紂曰：何待嘵嘵爾示民，民不敢不從。觀《書》之《誥》、《誓》，而知王道之衰矣。世道至湯、武，其勢必有桀、紂，又其勢必至有秦、項、莽、操也。是故維持世道者不可不慮其流。

聖人能用天下，而後天下樂爲之用。聖人以心用天下，以形用心，用者，無用者也，衆用之所恃以爲用者也。若與天下競智勇，角聰明，則窮矣。

後世無人才，病本只是學政不修，而今把作萬分不急之務，纔振舉這個題目，便笑倒人。官之無良，國家不受其福，蒼生且被其禍，不知當何如處？

聖人感人心，于患難處更驗。蓋聖人平日仁漸義摩，深恩厚澤，入于人心者化矣。及臨難倉卒之際，何暇思圖，拿出見成的念頭來，便足以捐軀赴義。非曰我以此成名也，我以此報君也，彼固亦不自知其何爲而迫切至此也。其次捐軀而志在圖報，其次易感而終難，其次厚賞以激其感。噫！至此而上下之相與薄矣，交孚之志解矣。嗟夫！先王何以得此于人哉！

聖人在上，能使天下萬物各止其當然之所，而無陵奪假借之患，夫是之謂各安其分而天地位焉。能使天地萬物各遂其同然之情，而無抑鬱倔强之態，夫是之謂各得其願而萬物育焉。

民情既溢，裁之爲難。裁溢如割駢拇贅疣，人甚不堪。故裁之也欲令民堪，有漸而已矣。安静而不震激，此裁溢之道也。故聖王在上，慎所以溢之者，不生民情，禮義以馴之，法制以防之，不使潛滋暴決，此慎溢之道也。二者帝王調劑民情之大機也，天下治亂恒必由之。

創業之君，當海内屬目傾聽之時，爲一切雷厲風行之法，故令行如流，民應如響。承平日久，法度疏闊，人心散而不收，惰而不振，頑而不爽。譬如熟睡之人，百呼若聾；久倦之身，兩足如跛。惟是盜賊所追，水火所迫，或可猛醒而急奔。是以詔令廢格，政事頹靡，條上者紛紛，申飭者纍纍，而聽之者若罔聞，知徒多書發之勞、紙墨之費耳。即殺其尤者一人以號召之，未知肅然改視易聽否，而迂腐之儒猶曰宜崇長厚，勿爲激切。嗟夫！養天下之禍、甚天下之弊者，必是人也。故物垢則浣，甚則改爲；室傾而支，甚則改作。中興之君，綜核名實，整頓紀綱，當與創業等而後可。

先王爲政全在人心上用工夫。其體人心在我心上用工夫，何者？同然之故也。故先王體人于我而民心得、天下治。

天下之患，莫大于『苟可以』而止。養頽靡不復振之習，成極重不可反之勢，皆『苟可以』三字爲之也。是以聖人之治身也勤勵不息，其治民也鼓舞不倦，不以無事廢常規，不以無害忽小失。非多事，非好勞也，誠知夫天下之事，廑未然之憂者尚多或然之悔，懷太過之慮者猶貽不及之憂，兢慎始之圖者不免怠終之患故耳。

天下之禍，成于怠忽者居其半，成于激迫者居其半。惟聖人能銷禍于未形，弭患于既著，夫是之謂知微知彰。知微者不動聲色，要在能察幾；知彰者不激怒濤，要在能審勢。嗚呼！非聖人之智，其誰與于此。

精神爽奮，則百廢俱興；肢體怠弛，則百興俱廢。聖人之治天下，鼓舞人心，振作士氣，務使天下之人如含露之朝葉，不欲如久旱之午苗。

而今不要掀揭天地，驚駭世俗，也須拆洗乾坤，一新光景。

無治人，則良法美意反以殃民；有治人，則弊習陋規皆成善政。故有文武之政，須待文武之君臣。不然，青萍、結緑，非不良劍也；烏號、繁弱，非不良弓矢也，用之非人，反以資敵。予觀放賑、均田、減糶、檢災、鄉約、保甲、社倉、官牛八政而傷心焉。不肖有司，放流有餘罪矣。

振則須起風雷之《益》，懲則須奮剛健之《乾》，不如是，海内大可憂矣。

一呼吸間四肢百骸無所不到，一痛癢間手足心知無所不通，一身之故也。無論人生、即偶，提一綫而渾身俱動矣，一脉之故也。守令者，一郡縣之綫也；監司者，一省路之綫也；君相者，天下之綫也。心知所及，而四海莫不精神；政令所加，而萬姓莫不鼓舞者何？提其綫故也。令一身有痛癢而不知覺，則爲痴迷之心矣。手足不顧，則爲痿痹之手足矣。三代以來，上下不聯屬久矣，是人各一身而家各一情也，死生欣戚不相感，其罪不在下也。

夫民懷敢怒之心，畏不敢犯之法，以待可乘之釁。衆心已離，而上之人且恣其虐以甚之，此桀、紂之所以亡也。是以明王推自然之心，置同然之腹，不恃其順我者之迹，而欲得其無怨我者之心，體其意欲而不忍拂，知民之心不盡見之于聲色而有隱而難知者在也。此所以固結深厚而子孫終必賴之也。

聖主在上，只留得一種天理民彝、經常之道在，其餘小道曲説、异端横議，斬然芟除，不遺餘類。使天下之人易耳改目、洗心濯慮于一切亂政之術，如再生，如夢覺，若未嘗見聞。然後道德一而風俗同，然後爲純王之治。

治世莫先無僞，教民只是不争。

任是權奸當國，也用幾個好人做公道，也行幾件好事收人心。繼之者欲矯前人以自高，所用之人一切罷去，所行之政一切更張。小人奉承以干進，又從而巧言附和，盡改良法而還弊規焉。這個念頭爲國爲民乎？爲自家乎？果曰爲國爲民，識見已自聾瞽。果爲自家，此之舉動，二帝三王之所不赦者也，更説甚麽事業？

聖人無奇名，太平無奇事，何者？皇錫此極，民歸此極，道德一，風俗同，何奇之有？

勢有時而窮。始皇以天下全盛之威力受制于匹夫，何者？匹夫者，天子之所恃以成勢者也。自傾其勢，反爲勢所傾。故明王不恃蕭墻之防禦，而以天下爲藩籬。德之所漸，薄海皆腹心之兵；怨之所結，衽席皆肘腋之寇。故帝王虐民是自虐其身者也，愛民是自愛其身者也。覆轍滿前而驅車者接踵，可慟哉！

如今天下人，譬之驕子，不敢熱氣，唐突便艴然起怒。縉紳稍加綜核，則曰苛刻；學校稍加嚴明，則曰寡恩；軍士稍加斂戢，則曰陵虐；鄉官稍加持正，則曰踐踏。今縱不敢任怨，而廢公法以市恩，獨不可已乎？如今天下事，譬之敝屋，輕手推扶便愕然咋舌，今縱不敢更張，而毀拆以滋壞，獨不可已乎？

『公』『私』兩字，是宇宙的人鬼關。若自朝堂以至閭里，只把持得『公』字定，便自天清地寧、政清訟息。只一個『私』字，擾攘的不成世界。

王道感人處，只在以我真誠惻怛之心，體其委曲必至之情。是故不賞而勸，不激而奮。出一言而能使人致其死命，誠故也。

人君者，天下之所依以忻戚者也。一念怠荒，則四海必有廢弛之事；一念縱逸，則四海必有不得其所之民。故常一日之間，幾運心思于四海，而天下尚有君門萬里之嘆。苟不察群情之向背而惟己欲之是恣，嗚呼！可懼也。

天下之存亡繫兩字，曰『天命』。天下之去就繫兩字，曰『人心』。

耐煩則爲三王，不耐煩則爲五霸。

一人憂，則天下樂；一人樂，則天下憂。

聖人聯天下爲一身，運天下于一心。今夫四肢百骸、五臟六腑皆吾身也，痛癢之微無有不覺、無有不顧，四海之痛癢，豈帝王所可忽哉！夫一指之疔如粟，可以致人之死命，國之存亡不在耳目聞見時，聞見時則無及矣。此以利害言之耳。一身麻木若不是我，非身也。人君者，天下之人君；天下者，人君之天下。而血氣不相通，心知不相及，豈天立君之意邪！

無厭之欲，亂之所自生也；不平之氣，亂之所由成也。皆有國者之所懼也。

用威行法，宜有三豫，一曰上下情通，二曰惠愛素孚，三曰公道難容。如此，則雖死而人無怨矣。

第一要愛百姓，朝廷以赤子相付托，而士民以父母相稱謂。試看父母之于赤子是甚情懷，便知長民底道理。就是愚頑梗化之人，也須耐心，漸漸馴服。王者必世而後仁，揣我自己德教有俄頃過化手段否，奈何以積習慣惡之人而遽使之貼然我順，一教不從，而遽赫然武怒邪？此居官第一戒也。有一種不可馴化之民，有一種不教而殺之罪，此特萬分之一耳，不可以立治體。

天下所望于聖人，只是個『安』字；聖人所以安天下，只是個『平』字。平則安，不平則不安矣。

三軍要他輕生，萬姓要他重生。不輕生不能戡亂，不重生易于爲亂。

太古之世，上下相忘，不言而信。中古上下求相孚，後世上下求相勝。上用法勝下，下用欺以避法。下以術勝上，上用智以防術。以是而欲求治，胡可得哉？欲復古道，不如一待以至誠。誠之所不孚者，法以輔之，庶幾不死之人心，尚可與還三代之舊乎？

治道尚陽，兵道尚陰；治道尚方，兵道尚圓。是惟無言，言必行；是惟無行，行必竟。易間明達者，治之用也。有言之不必行者，有言之即行者，有行之後言者，有行之竟不言者，有行之非其所言者，融通變化，信我疑彼者，兵之用也。二者雜施，鮮不敗矣。

任人不任法，此惟堯、舜在上，五臣在下可矣。非是而任人，未有不亂者。二帝三王非不知通變宜民、達權宜事之爲善也，以爲吾常御天下，則吾身即法也，何以法爲？惟夫後世庸君具臣之不能興道致治，暴君邪臣之敢于恣惡肆奸也，故大綱細目備載具陳，以防檢之，以詔示之。固知夫今日之畫一必有不便于後世之推行也，以爲聖子神孫自能師其意而善用于不窮，且尤足以濟吾法之所未及。庸君具臣相與守之而不敢變，亦不失爲半得。暴君邪臣即欲變亂而弁髦之，猶必有所顧忌，而法家拂士亦得執祖宗之成憲以匡正其惡而不苟從，暴君邪臣亦畏其義正事核也而不敢遽肆，則法之不可廢也明矣。

善用威者不輕怒，善用恩者不妄施。

居上之患，莫大于賞無功、赦有罪，尤莫大于有功不賞而罰及無罪。是故王者任功罪不任喜怒，任是非不任毀譽。所以平天下之情而防其變也。此有國家者之大戒也。

事有知其當變而不得不因者，善救之而已矣。人有知其當退而不得不用者，善馭之而已矣。

下情之通于上也，如嬰兒之于慈母，無小弗達。上德之及于下也，如流水之于間隙，無微不入。如此而天下亂亡者，未之有也。故壅蔽之奸，爲亡國罪首。

不齊，天之道也，數之自然也。故萬物生于不齊而死于齊。而世之任情厭事者乃欲一切齊之，是益以甚其不齊者也。夫不齊其不齊，則簡而易治，齊其不齊，則亂而多端。

宇宙有三綱，智巧者不能逃也。一王法，二天理，三公論。可畏哉！

《詩》云：『樂只君子，民之父母。』又曰：『豈弟君子，民之父母。』君子觀于《詩》而知爲政之道矣。

既成德矣，而誦其童年之小失；既成功矣，而笑其往日之偶敗，皆刻薄之見也，君子不爲。

任是最愚拙人，必有一般可用，在善用之者耳。

公論，非衆口一詞之謂也。滿朝皆非而一人是，則公論在一人。

爲政者，非謂得行即行，以可行則行耳。有得行之勢，而昧可行之理，是位以濟其惡也，君子謂之賊。

使衆之道，不分職守則分日月，然後有所責成而上不勞，無所推委而下不奸。混呼雜命，概怒偏勞，此不可以使二人，況衆人乎？勤者苦，惰者逸，訥者冤，辯者欺，貪者飽，廉者飢，是人也，即爲人下且不能，而使之爲人上，可嘆也夫！

世教不明，風俗不美，只是策勵士大夫。

治病要擇良醫，安民要擇良吏。良吏不患無人，在選擇有法而激勸有道耳。

孔子在魯，中大夫耳，下大夫僚儕也，而猶侃侃。今監司見屬吏，煦煦沾沾，溫之以兒女子之情。纔正體統，輒曰示人以難堪；纔尚綜核，則曰待人以苛刻。上務以長厚悅下官心，以樹他日之桃李；下務以彌文塗上官耳目，以了今日之簿書。吏治安得修舉？民生安得輯寧？憂時者傷心慟之。

據册點選，據俸升官，據單進退，據本題覆，持至公無私之心，守畫一不二之法，此守常吏部也。選人嚴于所用，遷官定于所宜，進退則出精識于撫按之外，題覆則持定見于科道之中，此有數吏部也。外而與士民同好惡，內而與君相爭是非，銓注爲地方不爲其人，去留爲其人不爲其出身與所恃，品材官如辨白黑，果黜陟不論久新，任宇宙于一肩，等富貴于土苴，庶幾哉其稱職矣。嗚呼！非大丈夫孰足以語此？乃若用一人則注聽宰執口吻，退一人則凝視相公眉睫，借公名以濟私，實結士口而灰民心，背公市譽，負國殖身，是人也，吾不忍道之。

藏人爲君守財，吏爲君守法，其守，一也。藏人竊藏以營私謂之盜，吏以法市恩不曰盜乎？賣公法以酬私德，剥民財以樹厚交，恬然以爲當然，可嘆哉！若吾身家慨以許人，則吾專之矣。

弭盜之末務莫如保甲，弭盜之本務莫如教養。故斗米十錢，夜户不閉，足食之效也。守遺待主，始于盜牛，教化之功也。夫盜，辱名也。死，重法也。而人猶爲之，此其罪豈獨在民哉？而惟城池是恃，關鍵是嚴，巡緝是密，可笑也已。

整頓世界，全要鼓舞天下人心。鼓舞人心，先要振作自家神氣。而今提綱挈領之人奄奄氣不足以息，如何教誨內不軟手折脚、零骨懈髓底。

事有大于勞民傷財者，雖勞民傷財亦所不顧；事有不關利國安民者，雖不勞民傷財亦不可爲。

足民，王政之大本。百姓足，萬政舉；百姓不足，萬政廢。孔子告子貢以『足食』，告冉有以『富人』。孟子告梁王以『養生送死無憾』，告齊王以『制田里、教樹畜』。堯、舜捨此無良法矣。哀哉！

百姓只幹正經事，不怕衣食不豐足。君臣只幹正經事，不怕天下不太平。試問百司庶府，所職者何官？終日所幹者何事？有道者可以自省矣。

法至于平，盡矣，君子又加之以恕。乃知平者，聖人之分也；恕者，聖人之仁也。彼不平者加之以深，不恕者加之以刻，其傷天地之和多矣。

化民成俗之道，除却身教再無巧術，除却久道再無頓法。

禮之有次第也，猶堂之有階，使人不得驟僭也。故等級不妨于太煩。階有級，雖疾足者不得闊步；禮有等，雖倨傲者不敢陵節。

人才邪正，世道爲之也；世道污隆，君相爲之也。君人者何嘗不費富貴哉？以正富貴人，則小人皆化爲君子；以邪富貴人，則君子皆化爲小人。

滿目所見，世上無一物不有淫巧。這淫巧耗了世上多少生成底財貨，誤了世上多少生財底功夫。淫巧不誅而欲講理財，皆苟且之談也。

天地之財，要看他從來處，又要看他歸宿處。從來處要豐要養，歸宿處要約要節。

將三代以來陋習敝規一洗而更之，還三代以上一半古意也，是一個相業。若改正朔，易服色，都是腐儒作用。葺傾厦，逐頹波，都是俗吏作用。于蒼生奚補？噫！此可與有識者道。

禦戎之道，上焉者德化心孚，其次講信修睦，其次遠駕長驅，其次堅壁清野，其次陰符智運，其次接刃交鋒，其下叩關開市，又其下納幣和親。

爲政之道，第一要德感誠孚，第二要令行禁止。令不行，禁不止，與無官無政同，雖堯、舜不能治一鄉，而况天下乎！

防奸之法，畢竟疏于作奸之人。彼作奸者，拙則作僞以逃防，巧則變法以生弊，不但去害，而反益其害。彼作者十，而犯者一耳，又輕其罪以爲未犯者勸，法奈何得行？故行法不嚴，不如無法。

世道有三責：責貴，責賢，責壞綱亂紀之最者。三責而世道可回矣。貴者握風俗教化之權而首壞，以爲庶人倡，則庶人莫不象之。賢者明風俗教化之道而自壞，以爲不肖者倡，則不肖者莫不象之。責此二人，此謂治本。風教既壞，誅之不可勝誅，故擇其最甚者以令天下，此渭治末。本末兼治，不三年而四海内光景自別。乃今貴者、賢者爲教化風俗之大蠹，而以體面寬假之，少嚴則曰苛刻以傷士大夫之體，不知二帝三王曾有是説否乎？世教衰微，人心昏醉，不知此等見識何處來？所謂淫朋比德、相爲庇護以藏其短，而道與法兩病矣。天下如何不敝且亂也！

印書先要個印板真，爲陶先要個模子好。以邪官舉邪官，以俗士取俗士，國欲治，得乎？

不傷財，不害民，只是不爲虐耳。苟設官而惟虐之慮也，不設官其誰虐之？正爲家給人足，風移俗易，興利除害，轉危就安耳。設廉静寡欲，分毫無損于民，而萬事廢弛，分毫無益于民也，逃不得『尸位素餐』四字。

天地所以信萬物，聖人所以安天下，只是一個『常』字。常也者，帝王所以定民志者也。常一定，則樂者以樂爲常，不知德；苦者以苦爲常，不知怨。若謂當然，有趨避而無恩仇。非有大奸臣凶不敢輒生饜足之望、忿恨之心。何則？狃于常故也。故常不至大壞極敝，只宜調適，不可輕變。一變則人人生覬覦心，一覬覦則大家引領垂涎，生怨起紛，數年不能定。是以聖人只是慎常，不敢輕變。必不得已，默變不敢明變，公變不敢私變，分變不敢溷變。

紀綱法度，整齊嚴密，政教號令，委曲周詳，原是實踐躬行，期于有實用，得實力。今也自貪暴者奸法，昏惰者廢法，延及今日，萬事虚文。甚者迷製作之本意而不知，遂欲并其文而去之。只今文如學校，武如教場，書聲軍容非不可觀可聽，將這二途作養人用出來，令人哀傷憤懣欲死。推之萬事，莫不皆然。安用縉紳簪纓塞破世間哉！明王不大振作，不苦核實，勢必亂亡而後已。

安内攘外之路，須責之將吏，將吏不得其人，軍民且不得其所。安問夷狄？是將吏也，養之不善則責之文武二學校，用之不善則責吏兵兩尚書。或曰：養有術乎？曰：何患于無術？儒學之大壞極矣，不十年不足以望成材。武學之不行久矣，不十年不足以求名將。至于遴選于未用之先，條責于方用之際，綜核于既用之後，黜陟于效不效之時，盡有良法，可旋至而立有驗者。

而今舉世有一大迷，自秦、漢以來，無人悟得。官高權重，原是投大遺艱。譬如百鈞重擔，須尋烏獲來擔；連雲大廈，須用大木爲柱。乃朝廷求賢才，借之名器以任重，非朝廷市私恩，假之權勢以榮人也。今也崇階重地，用者以爲榮，人重以予其所愛，而固以吝于所疏，不論其賢不賢。其用者以爲榮己，未得則眼穿涎流以干人，既得則損身鏤骨以感德，不計其勝不勝。旁觀者不論其官之稱不稱，人之宜不宜，而以資淺議驟遷，以格卑議冒進，皆視官爲富貴之物，而不知富貴之也，欲以何用。果朝廷爲天下求人邪？抑君相爲士人擇官邪？此三人者皆可憐也。叔季之世，生人其識見固如此可笑也！

漢始興，郡守某者禦州兵，常操之内免操二月，繼之者罷操。又繼之者常給之外，冬加酒銀人五錢。又繼之者加肉銀人五錢。又繼之者加花布銀人一兩。倉庫不足，括税給之。猶不足，履畝加賦給之。兵不見德也而民怨。又繼之者曰：『加，吾不能；而損，吾不敢。』竟無加。兵相與鼓噪曰：『郡長無恩。』率怨民以叛，肆行攻掠。元帝命刺史按之。報曰：『郡守不職，不能撫鎮軍民而致之叛。』竟弃市。嗟夫！當弃市者誰邪？識治體者爲之傷心矣。

人情不論是非利害，莫不樂便己者，惡不便己者。居官立政，無論殃民，即教養諄諄，禁令惓惓，何嘗不欲其相養相安，免禍遠罪哉！然政一行而未有不怨者，故聖人先之以躬行，浸之以口語，示之以好惡，激之以賞罰。日積月累，耐意精心，但盡薰陶之功，不計俄頃之效。然後民知善之當爲、惡之可恥，默化潛移而服從乎聖人。今以無本之令，責久散之民，求旦夕之效，逞不從之怒，忿疾于頑而望敏德之治。即我且亦愚不肖者，而何怪蚩蚩之氓哉。

嘉靖間，南京軍以放糧過期，減短常例，殺户部侍郎，散銀數十萬以安撫之。萬曆間，杭州軍以減月糧又給以不通行之錢，欲殺巡撫不果，既而軍驕，散銀萬餘乃定。後嚴火夫夜巡之禁，寬免士夫而繩督市民，既而民變，殺數十人乃定。鄖陽巡撫以風水之故，欲毀參將公署爲學宫，激軍士變，致毆兵備副使幾死，巡撫被其把持，奏疏上必露章明示之乃得行。陝西兵以冬操太早，行法太嚴，再三請寬，不從，謀殺撫

按總兵，不成。論者曰：兵驕卒悍如此，奈何？余曰：不然。工不信度而亂常規，恩不下究而犯衆怒，罪不在軍也。上人者體其必至之情，寬其不能之罪，省其煩苛之法，養以忠義之教，明約束，信號令，我不負彼而彼奸，吾令即殺之，彼有愧懼而已。鳥獸未必無知覺，而謂三軍之士無良心，可乎？亂法壞政以激軍士之暴，以損國家之威，以動天下之心，以開無窮之釁，當事者之罪不容誅矣。裴度所謂『韓弘與疾討賊，承宗斂手削地，非朝廷之力能制其死命，特以處置得宜，能服其心故耳』。『處置得宜』四字，此統大衆之要法也。

霸者，豪强威武之名，非奸盜詐僞之類。小人之情，有力便挾力，不用僞，力不足而濟以謀便用僞。若力量自足以壓服天下，震懾諸侯，直恁做將去，不怕他不從，便靠不到智術上，如何肯僞？王、霸以誠僞分，自宋儒始，其實誤在『五伯假之』、『以力假仁』二『假』字上，不知

這假字只是借字。二帝三王以天德爲本，便自能行仁，夫焉有所倚？霸者要做好事，原没本領，便少不得借勢力以行之，不然令不行，禁不止矣。乃是借威力以行仁義。故孟子曰：『以力假仁者霸。』以其非身有之，故曰假借耳。人之服之也，非爲他智能愚人，没奈他威力何，只得服他。服人者以强，服于人者以僞。管、商都是霸佐，看他作用都是威力制縛人，非略人、略賣人者，故夫子只説他『器小』，孟子只説他『功烈如彼其卑』。而今定公孫鞅罪，只説他慘刻，更不説他奸詐。如今官府教民遷善遠罪，只靠那刑威，全是霸道，他有甚詐僞？看來王霸考語自有見成公案，曰以德以力所行底，門面都是一般仁義，如五禁之盟，二帝三王難道説他不是？難道反其所爲？他只是以力行之耳。『德力』二字最確，『誠僞』二字未穩，何也？王霸是個粗分别，不消説到誠僞上，若到細分别處，二帝三王便有誠僞之分，何况霸者？

驟制則小者未必貼服，以漸則天下無豪杰皆就我羈靮矣。明制則愚者亦生機械，默制則天下無智巧皆入我範圍矣。此馭夷狄、待小人之微權，君子用之則爲術知，小人用之則爲智巧，捨是未有能濟者也。或曰：『何不以至誠行之？』曰：此何嘗不至誠？但不淺露輕率耳。孔子曰：『機事不密，則害成。』此之謂與？

迂儒識見，看得二帝三王事功，只似陽春雨露，嫗煦可人，再無一些冷落嚴肅之氣。便是慈母，也有訶罵小兒時，不知天地只恁陽春，成甚世界？故雷霆霜雪不備，不足以成天威怒；刑罰不用，不足以成治。只五臣耳，還要一個皋陶，而二十有二人，猶有四凶之誅。今只把天德王道看得恁秀雅温柔，豈知殺之而不怨便是存神過化處，目下作用須是汗吐下後服四君子、四物百十劑纔是治體。

三公示無私也，三孤示無黨也，九卿示無隱也。事無私曲，心無閉藏，何隱之有？嗚呼！顧名思義，官職亦少稱矣。

要天下太平，滿朝只消三個人，一省只消兩個人。

賢者只是一味，聖人備五味。一味之人，其性執、其見偏，自有用其一味處，但當因才器使耳。

天之氣運有常，人依之以作事，而百務成；因之以長養，而百病少。上之政體有常，則下之志趨定，而漸可責成。人之耳目一，而因以寡過。

君子見獄囚而加禮焉，今以後皆君子人也，可無敬與？噫！刑法之設，明王之所以愛小人而示之以君子之路也。然則囹圄者，小人之學校與？

小人只怕他有才，有才以濟之，流害無窮。君子只怕他無才，無才以行之，斯世何補！

事有便于官吏之私者，百世常行，天下通行，或日盛月新，至瀰漫而不可救。若不便于己私，雖天下國家以爲極便，屢加申飭，每不能行，即暫行亦不能久。負國負民，吾黨之罪大矣。

恩威當使有餘，不可窮也。天子之恩威，止于爵三公、夷九族。恩威盡，而人思以勝之矣。故明君養恩不盡，常使人有餘榮；養威不盡，常使人有餘懼。此久安長治之道也。

封建自五帝已然，三王明知不便，勢與情不得不用耳。夏繼虞而諸侯無罪，安得廢之？湯放桀，費征伐者十一國，餘皆服從，安得而廢之？武伐紂，不期而會者八百，其不會者或遠或不聞，亦在三分有二之數，安得而廢之？使六國尊秦爲帝，秦亦不廢六國，緣他不肯服，勢必畢六王而後已。武王之興滅繼絕，孔子之繼絕舉廢，亦自其先世曾有功德，及滅之，不以其罪言之耳。非謂六師所移及九族無血食者，必求復其國也。故封建不必是，郡縣不必非。郡縣者無定之封建，封建者有定之郡縣也。

刑、禮非二物也，皆令人遷善而去惡也。故遠于禮，則近于刑。

上德默成，示意而已。其次示觀，動其自然。其次示聲色，其次示是非，使知當然。其次示毀譽，使不得不然。其次示禍福，其次示賞罰。其次示生殺，使不敢不然。蓋至于示生殺，而御世之術窮矣。叔季之世，自生殺之外無示也。悲夫！

權之所在，利之所歸也。聖人以權行道，小人以權濟私。在上者慎以權與人。

太平之時，文武將吏習于懶散，拾前人之唾餘，高談闊論，盡似真才。乃稍稍艱，大事到手，倉皇迷悶，無一干濟之術。可嘆可恨！士君子平日事事講求，在在體驗，臨時只辦得三五分，若全然不理會，只似紙舟塵飯耳。

聖人之殺，所以止殺也。故果于殺，而不爲姑息。故殺者一二，而所全活者千萬。後世之不殺，所以滋殺也。不忍于殺一二，以養天下之奸，故生其可殺，而生者多陷于殺。嗚呼！後世民多犯死，則爲人上者，婦人之仁爲之也。世欲治，得乎？

天下事，不是一人做底，故舜五臣，周十亂，其餘所用皆小德小賢，方能興化致治。天下事，不是一時做底，故堯、舜相繼百五十年，然後黎民于變；文、武、周公相繼百年，然後教化大行。今無一人談治道，而孤掌欲鳴；一人倡之，衆人從而詆訾之；一時作之，後人從而傾圮之。嗚呼！世道終不三代邪？振教鐸以化，吾儕得數人焉，相引而在事權，庶幾或可望乎！

兩精、兩備、兩勇、兩智、兩愚、兩意，則多寡强弱在所必較。以精乘雜，以備乘疏，以勇乘怯，以智乘愚，以有餘乘不足，以有意乘不意，以決乘二三，以合德乘離心，以銳乘疲，以慎乘怠，則多寡强弱非所論矣。故戰之勝負無他，得其所乘與爲人所乘，其得失不啻百也。實精也，而示之以雜；實備也，而示之以疏；實勇也，而示之以怯；實智也，而示之以愚；實有餘也，而示之以不足；實有意也，而示之以不意；實有決也，而示之以二三；實合德也，而示之以離心；實銳也，而示之以疲；實慎也，而示之以怠，則多寡强弱亦非所論矣。故乘之可否無他，知其所示，知其無所示，其得失亦不啻百也。故不藏其所示，凶也；誤中于所示，凶也。此將家之所務審也。

守令于民，先有知疼知熱如兒如女一副真心腸，甚麽愛養曲成事業做不出？只是生來没此念頭，便與説綻唇舌，渾如醉夢。

兵、士二黨，近世之隱憂也。士黨易散，兵黨難馴。看來亦有法處，我欲三月而令可殺，殺之可令心服而無怨，何者？罪不在下故也。

或問宰相之道，曰：無私有識。冢宰之道？曰：知人善任使。

當事者，須有賢聖心腸、英雄才識。其謀國憂民也，出于惻怛至誠；其圖事揆策也，必極詳慎精密。躊躇及于九有，計算至于千年。其所施設，安得不事善功成、宜民利國。今也懷貪功喜事之念，爲孟浪苟且之圖，工粉飾彌縫之計，以遂其要榮取貴之奸，爲萬姓造殃不計也，爲百年開釁不計也，爲四海耗蠹不計也，計吾利否耳。嗚呼！可勝嘆哉！

爲人上者，最怕器局小、見識俗。吏胥輿皂盡能笑人，不可不慎也。

爲政者，立科條、發號令，寧寬些兒，只要真實行，永久行。若法極精密而督責不嚴、綜核不至，總歸虚彌，反增煩擾。此爲政者之大戒也。

民情不可使不便，不可使甚便。不便則壅閼而不通，甚者令之不行，必潰決而不可收拾。甚便則縱肆而不檢，甚者法不能制，必放溢而不敢約束。故聖人同其好惡以休其必至之情，納之禮法以防其不可長之漸。故能相安相習而不至于爲亂。

居官只一個快性，自家討了多少便宜，左右省了多少負累，百姓省了多少勞費。

自委質後，終日做底是朝廷官，執底是朝廷法，幹底是朝廷事。榮辱在君，愛憎在人，進退在我。吾輩而今錯處，把官認作自家官，所以萬事顧不得，只要保全這個在，扶持這個尊。此雖是第二等説話，然見得這個透，還算五分人。

銛矛而秫梃，金矢而稭弓，雖有《周官》之法度而無奉行之人，典謨訓誥何益哉？

二帝三王功業原不難做，只是人不曾理會。譬之遥望萬丈高峰，何等巍峨，他地步原自透迤，上面亦不陡峻，不信只小試一試便見得。

洗漆以油，洗污以灰，洗油以膩。去小人以小人，此古今妙手也。昔人明此意者幾，故以君子去小人，正治之法也。正治是堂堂之陣，妙手是玄玄之機。玄玄之機，非聖人不能用也。

吏治不但錯枉，去慵懦無用之人，清仕路之最急者。長厚者誤國蠹民以相培植，奈何？

余佐司寇日，有罪人情極可恨而法無以加者，司官曲擬重條，余不可。司官曰：『非私惡也，以懲惡耳。』余曰：『謂非私惡，誠然；謂非作惡，可乎？君以公惡輕重法，安知他日無以私惡輕重法者乎？刑部只有個「法」字，刑官只有個「執」字，君其慎之！』

有聖人于此，與十人論爭，聖人之論是矣。十人亦各是己論以相持，莫之能下。旁觀者至，有是聖人者，有是十人者，莫之能定。必有一聖人至，方是聖人之論，而十人者、旁觀者又未必以後至者爲聖人，又未必是聖人之是聖人也。然則是非將安取決哉？『昊□天』詩人怨王惑于邪謀，不能斷以從善。噫！彼王也，未必不以邪謀爲正謀、爲先民之經、爲大猶之程，當時在朝之臣又安知不謂大夫爲邪謀，爲邇言也？是故執兩端而用中，必聖人在天子之位，獨斷堅持，必聖人居父師之尊，誠格意乎。不然人各有口，人各有心，在下者多指亂視，在上者蓄疑敗謀，孰得而禁之？孰得而定之？

易衰歇而難奮發者，我也；易懶散而難振作者，衆也；易壞亂而難整飭者，事也；易蠱敝而難久常者，物也。此所以治日常少而亂日常多也。故爲政要鼓舞不倦，綱常張，紀常理。

濫準、株連、差拘、監禁、保押、淹久、解審、照提，此八者，獄情之大忌也，仁人之所隱也。居官者慎之。

養民之政，孟子云：『老者衣帛食肉，黎民不飢不寒。』韓子云：『鰥寡孤獨廢疾者皆有養也。』教民之道，孟子云：『使契爲司徒，教以人倫，父子有親，君臣有義，夫婦有別，長幼有序，朋友有信。放勛曰：「勞之來之，匡之直之，輔之翼之，使自得之，又從而振德之。」』《洪範》曰：『無偏無陂，遵王之義；無有作好，遵王之道；無有作惡，遵王之路；無偏無黨，王道蕩蕩；無黨無偏，王道平平；無反無側，王道正直。會其有極，歸其有極。』予每三復斯言，汗輒浹背；三嘆斯語，泪便交頤。嗟夫！今之民非古之民乎？今之道非古之道乎？抑世變若江河，世道終不可反乎？抑古人絶德後人終不可及乎？吾耳目口鼻視古人有何缺歉？爵禄事勢視古人有何靳嗇？俾六合景象若斯，辱此七尺之軀，靦面萬民之上矣。

智慧長于精神，精神生于喜悦，喜悦生于歡愛。故責人者，與其怒之也，不若教之；與其教之也，不若化之。從容寬大，諒其所不能而容其所不及，恕其所不知而體其所不欲，隨事講説，隨時開諭。彼樂接引之誠而喜于所好，感督責之寬而愧其不材，人非木石，無不長進。故曰：『敬敷五教在寬。』又曰：『無忿疾于頑。』又曰：『匪怒伊教。』又曰：『善誘人。』今也不令而責之豫，不言而責之意，不明而責之喻，未及令人，先懷怒意，梃詬恣加，既罪矣而不詳其故，是兩相仇、兩相苦也，智者之所笑而有量者之所羞也。爲人上者切宜戒之。

德立行成了，論不得人之貴賤、家之富貧、分之尊卑。自然上下格心，大小象指，歷山耕夫有甚威靈氣焰？故曰：『默而成之，不言而信，存乎德行。』

寬人之惡者，化人之惡者也；激人之過者，甚人之過者也。

五刑不如一耻，百戰不如一禮，萬勸不如一悔。

舉大事，動衆情，必協衆心而後濟。不能盡協者，須以誠意格之，懇言入之。如不格不入，須委曲以求濟事。不然彼其氣力智術足以撼衆而敗吾之謀，而吾又以直道行之，非所以成天下之務也。古之人神謀鬼謀，以卜以筮，豈真有惑于不可知哉？定衆志也，此濟事之微權也。

世間萬物皆有所欲，其欲亦是天理人情。天下萬世公共之心，每憐萬物有多少不得其欲處，有餘者盈溢于所欲之外而死，不足者奔走于所欲之内而死，二者均，俱生之道也。常思天地生許多人物，自足以養之，然而不得其欲者，正緣不均之故耳。此無天地不是處，宇宙内自有任其責者。是以聖王治天下不説均就説平，其均平之術只是絜矩，絜矩之方，只是個同好惡。

做官都是苦事，爲官原是苦人，官職高一步，責任便大一步，憂勤便增一步。聖人胼手胝足，勞心焦思，惟天下之安而後樂，是樂者，樂其所苦者也。衆人快欲適情，身尊家潤，惟富貴之得而後樂，是樂者，樂其所樂者也。

法有定而持循之不易，則下之耳目心志習而上逸。無定，則上之指授口頰煩而下亂。

世人作無益事常十九，論有益，惟有暖衣、飽食、安居、利用四者而已。臣子事君親，婦事夫，弟事兄，老慈幼，上惠下，不出乎此。《豳風》一章，萬世生人之大法，看他舉動，種種皆有益事。

天下之事，要其終而後知。君子之用心、君子之建立，要其成而後見事功之濟否。可奈庸人俗識，讒夫利口，君子纔一施設輒生議論，或附會以誣其心，或造言以甚其過。是以志趣不堅、人言是恤者，輒灰心喪氣，竟不卒功。識見不真，人言是聽者輒罷君子之所爲，不使終事。嗚呼！大可憤心矣。古之大建立者，或利于千萬世而不利于一時，或利于千萬人而不利于一人，或利于千萬事而不利于一事。其有所費也似貪，其有所勞也似虐，其不避嫌也易以招摘取議。及其成功而心事如青天白日矣，奈之何鑠金銷骨之口奪未竟之施，誣不白之心哉？嗚呼！英雄豪杰冷眼天下之事，袖手天下之敝，付之長吁冷笑，任其腐潰決裂而不之理，玩日愒月，尸位素餐，而苟且目前以全軀保妻子者豈得已哉？蓋懼此也。

變法者變時勢不變道，變枝葉不變本。吾怪夫後之議法者偶有意見，妄逞聰明，不知前人立法千思萬慮而後決。後人之所以新奇自喜，皆前人之所以熟思而弃者也，豈前人之見不及此哉！

鰥寡孤獨、疲癃殘疾、顛連無告之失所者，惟冬爲甚。故凡咏紅爐錦帳之歡、忘雪夜呻吟之苦者，皆不仁者也。

天下之財，生者一人，食者九人；興者四人，害者六人。其凍餒而死者，生之人十九，食之人十一。其飽暖而樂者，害之人十九，興之人十一。嗚呼！可爲傷心矣。三代之政行，寧有此哉！

居生殺予奪之柄，而中奸細之術以陷正人君子，是受雇之刺客也。傷我天道，殃我子孫，而爲他人快意，愚亦甚矣。愚嘗戲謂一友人曰：『能辱能榮，能殺能生，不當爲人作荆卿。』友人謝曰：『此語可爲當路藥石。』

秦家得罪于萬世，在變了井田上。春秋以後井田已是十分病民了，但當復十一之舊，正九一之界，不當一變而爲阡陌。後世厚取重斂，與秦自不相干。至于貧富不均，開天下奢靡之俗，生天下竊劫之盜，廢比、閭、族、黨之法，使後世十人九貧，死于飢寒者多有，則壞井田之禍也。三代井田之法，能使家給人足、俗儉倫明、盗息訟簡，天下各得其所。只一復了井田，萬事俱理。

赦何爲者？以爲冤邪，當罪不明之有司；以爲不冤邪，當報無辜之死恨。聖王有大慶，雖枯骨罔不蒙恩。今傷者傷矣，死者死矣，含憤鬱鬱莫不欲仇我者，速罹于法以快吾心，而乃赦之，是何仁于有罪而不仁于無辜也。將殘賊幸赦而屢逞，善良聞赦而傷心，非聖王之政也。故聖王眚灾宥過不待慶時，其刑故也不論慶時，夫是之謂大公至正之道。而不以一時之喜濫恩，則法執而小人懼，小人懼則善良得其所。

廟堂之上聚議者，其虛文也。當路者持不虛之成心，循不可廢之故事，特借群在以示公耳。是以尊者嚅囁，卑者唯諾，移日而退。巧于逢迎者觀其頤指意向而極口稱道，他日驟得殊榮；激于公直者知其無益有害而奮色極言，他日中以奇禍。

近世士風大可哀已。英雄豪杰本欲爲宇宙樹立大綱常、大事業，今也，驅之俗套，繩以虚文，不俯首吞聲以從，惟有引身而退耳。是以道德之士遠引高蹈，功名之士以屈養伸。彼在上者倨傲成習，看下面人皆王順、長息耳。

今四海九州之人，郡异風，鄉殊俗，道德不一故也。故天下皆守先王之禮，事上接下，交際往來，揆事宰物，率遵一個成法，尚安有詆笑者乎？故惟守禮可以笑人。

凡名器服飾，自天子而下庶人而上，各有一定等差，不可僭逼。上太殺是謂逼下，下太隆是謂僭上，先王不裁抑以逼下也，而下不敢僭。

禮與刑二者常相資也，禮先刑後，禮行則刑措，刑行則禮衰。

官貴精不貴多，權貴一不貴分。大都之内，法令不行，則官多權分之故也，故萬事俱弛。

名器于人無分毫之益，而國之存亡、民之死生于是乎繫。是故衮冕非暖于綸巾，黄瓦非堅于白屋，別等威者非有利于身，受跪拜者非有益于己，然而聖王重之者，亂臣賊子非此無以防其漸而示之殊也。是故雖有大奸惡，而以區區之名分折之，莫不失辭喪氣。吁！名器之義大矣哉！

今之用人，只怕無去處，不知其病根在來處。今之理財，只怕無來處，不知其病根在去處。

用人之道，貴當其才；理財之道，貴去其蠹。人君以識深慮遠者謀社稷，以老成持重者養國脉，以振勵明作者起頹敝，以通時達變者調治化，以秉公持正者寄鈞衡，以燭奸嫉邪者爲按察，以厚下愛民者居守牧，以智深勇沉者典兵戎，以平恕明允者治刑獄，以廉静綜核者掌會計，以惜耻養德者司教化，則用人當其才矣。宫妾無慢弃之帛，殿廷無金珠之玩，近侍絕賄賂之通，寵幸無不貲之賞，臣工嚴貪墨之誅，迎送懲威福之濫，工商重淫巧之罰，衆庶謹僭奢之戒，游惰杜幸食之門，緇黄示誑誘之罪，倡優就耕織之業，則理財得其道矣。

古之官人也擇而後用，故其考課也常恕。何也？不以小過弃所擇也。今之官人也用而後擇，却又以姑息行之，是無擇也，是容保奸回也。豈不渾厚？哀哉萬姓矣！

世無全才久矣，用人者各因其長可也。夫目不能聽，耳不能視，鼻不能食，口不能嗅，勢也。今之用人不審其才之所堪，資格所及，雜然授之。方司會計，輒理刑名；既典文銓，又握兵柄。養之不得其道，用之不當其才，受之者但悦美秩而不自量。以此而求濟事，豈不難哉！夫公綽但宜爲老，而裨諶不可謀邑，今之人才豈能倍蓰古昔？愚以爲學校養士，科目進人，便當如温公條議，分爲數科，使各學其才之所近，而質性英發，能備衆長者特設全才一科，及其授官，各任所長。夫資有所近，習有所通，施之政事，必有可觀。蓋古者以仕學爲一事，今日分體用爲兩截。窮居草澤，止事詞章；一入廟廊，方學政事。雖有明敏之才，英達之識，豈能觀政數月便得？每事盡善？不免鹵莽施設，鶻突支吾。苟不大敗，輒得遷升。以此用人，雖堯舜不治。夫古之明體也，養適用之才，致君澤民之術固已熟于畎畝之中，苟能用我者，執此以往耳。今之學校，可爲流涕矣。

官之所居曰任，此意最可玩。不惟取責任負荷之義，任者，任也。聽其便宜信任而責成也。若牽制束縛，非任矣。

厮隸之言直徹之九重，臺省以之爲藏否，部院以之爲進退，世道大可恨也。或訝之。愚曰：天子之用捨，托之吏部，吏部之賢不肖托之撫按，撫按之耳目托之兩司，兩司之心腹托之守令，守令之見聞托之皂快，皂快之采訪托之他邑別郡之皂快。彼其以恩仇爲是非，以謬妄爲情實，以前令爲後官，以舊愆爲新過，以小失爲大辜，密報密收，信如金石；愈僞愈詳，獲如至寶。謂夷、由污，謂蹻、跖廉，往往有之。而撫按據以上聞，吏部據以黜陟。一吏之榮辱不足惜，而奪所愛以失民望，培所恨以滋民殃，好惡拂人甚矣。

居官有五要：休錯問一件事，休屈打一個人，休妄費一分財，休輕勞一夫力，休苟取一文錢。

吳越之戰利用智，羌胡之戰利用勇。智在相機，勇在養氣。相機者務使鬼神不可知，養氣者務使身家不肯顧，此百姓之道也。

兵，以死使人者也。用衆怒，用義怒，用恩怒。衆怒仇在萬姓也，湯武之師是已。義怒以直攻曲也，三軍縞素是已。恩怒感激思奮也，李牧犒三軍，吳起同甘苦是已。此三者，用人之心，可以死人之身，非是皆强驅之也。猛虎在前，利兵在後，以死毆死，不戰安之？然而取勝者幸也，敗與潰者十九。

寓兵于農，三代聖王行之甚好，家家知耕，人人知戰，無論即戎，亦可弭盜，且經數十百年不用兵。說用兵，纔用農十分之一耳。何者？有不道之國則天子命曰：『某國不道，某方伯連帥討之。』天下無與也，天下所以享兵農未分之利。春秋以後，諸侯日尋干戈，農胥變而爲兵，捨穡不事則吾國貧，因糧于敵則他國貧。與其農胥變而兵也，不如兵農分。

凡戰之道，貪生者死，忘死者生，狃勝者敗，耻敗者勝。

疏法勝于密心，寬令勝于嚴主。

天下之事，倡于作俑，而濫于助波鼓焰之徒，至于大壞極敝，非截然毅然者不能救。于是而猶曰循舊安常，無更張以拂人意，不知其可也。

在上者能使人忘其尊而親之，可謂盛德也已。

因偶然之事，立不變之法；懲一夫之失，苦天下之人。法莫病于此矣。近日建白，往往而然。

禮繁則難行，卒成廢閣之書；法繁則易犯，益甚决裂之罪。

爲堯舜之民者，逸于堯舜之臣，唐、虞世界全靠四岳、九官、十二牧，當時君民各享無爲之業而已。臣勞之繫于國家也，大哉！是故百官逸則君勞，而天下不得其所。

治世用端人正士，衰世用庸夫俗子，亂世用憸夫佞人。憸夫佞人盛，而英雄豪杰之士不伸。夫惟不伸也，而奮于一伸，遂至于亡天下。故明主在上必先平天下之情，將英雄豪杰服其心志，就我羈靮，不蓄其奮而使之逞。

天下之民皆朝廷之民，皆天地之民，皆吾民。

愈上則愈聾瞽，其壅蔽者衆也。愈下則愈聰明，其見聞者真也。故論見聞，君之知不如相，相之知不如監司，監司之知不如守令，守令之知不如民。論壅蔽，則守令蔽監司，監司蔽相，相蔽君。惜哉！愈下之真情不能使愈上者聞之也。

周公是一部活《周禮》，世只有周公不必有《周禮》，使周公而生于今，寧一一用《周禮》哉！愚謂有周公雖無《周禮》可也，無周公，雖無《周禮》可也。

民鮮耻，可以觀上之德；民鮮畏，可以觀上之威，更不須求之民。

民情甚不可鬱也。防以鬱水，一决則漂屋推山；炮以鬱火，一發則碎石破木。桀、紂鬱民情而湯、武通之，此存亡之大機也。有天下者之所夙夜孜孜者也。

天之生民非爲君也，天之立君以爲民也，奈何以我病百姓？夫爲君之道無他，因天地自然之利而爲民開導撙節之，因人生固有之性而爲民倡率裁制之，足其同欲，去其同惡，凡以安定之，使無失所，而後天立君之意終矣。豈其使一人肆于民上而剥天下以自奉哉？嗚呼！堯舜其知此也夫。

三代之法，井田、學校，萬世不可廢。世官、封建，廢之已晚矣。此難與不思者道。

聖王同民心而出治道，此成務者之要言也。夫民心之難同久矣。欲多而見鄙，聖王識度豈能同之？噫！治道以治民也，治民而不同之，其何能從？即從，其何能久？禹之戒舜曰：『罔咈百姓以從己之欲。』夫舜之欲豈適己自便哉？以爲民也，而曰：『罔咈。』盤庚之遷殷也，再四曉譬；武王之伐紂也，三令五申。必如此而後事克有濟。故曰：『專欲難成，衆怒難犯。』我之欲未必非，彼之怒未必是，聖王求以濟事，則知專之不勝衆也，而不動聲色以因之，明其是非以悟之，陳其利害以動之，待其心安而意順也，然後行之。是謂以天下人成天下事，事不勞而底績。雖然，亦有先發後聞者，亦有不謀而斷者，亦有擬議已成，料度已審，疾雷迅電而民不得不然者。此特十一耳、百一耳，不可爲典則也。

人君有欲，前後左右之幸也。君欲一，彼欲百，致天下亂亡，則一欲者受禍，而百欲者轉事他人矣。此古今之明鑑，而有天下者之所當悟也。

『平』之一字極有意味，所以至治之世只説個天下平。或言：水無高下，一經流注無不得平。曰：此是一味平了。世間千種人，萬般物，百樣事，各有分量，各有差等，只各安其位而無一毫拂戾不安之意，這便是太平。如君説則是等尊卑貴賤小大而齊之矣，不平莫大乎是。

國家之取士以言也，固將曰言如是行必如是也。及他日效用，舉背之矣。今閭閻小民立片紙，憑一人，終其身執所書而責之不敢二，何也？我之所言，昭然在紙筆間也，人已據之矣。吁！執卷上數千言，憑滿闈之士大夫，且播之天下，視小民片紙何如？奈之何吾資之以進身，人君資之以進人，而自處于小民之下也哉？噫！無怪也。彼固以空言求之，而終身不復責券也。

漆器之諫，非爲舜憂也，憂天下後世極欲之君自此而開其萌也。天下之勢，無必有，有必文，文必靡麗，靡麗必亡。漆器之諫，慎其有也。

矩之不可以不直方也，是萬物之所以曲直斜正也。是故矩無言而萬物則之無毫髮違，直方故也。哀哉！爲政之徒言也。

暑之將退也先燠，天之將旦也先晦。投丸于壁，疾則内射，物極則反，不極則不反也。故愚者惟樂其極，智者先懼其反。然則否不害于極，泰極其可懼乎！

余每食雖無肉味，而蔬食菜羹嘗足。因嘆曰：嗟夫！使天下皆如此而後盜可誅也。枵腹菜色，盜亦死，不盜亦死。夫守廉而俟死，此士君子之所難也。奈何以不能士君子之行而遂誅之乎？此富民爲王道之首務也。

窮寇不可追也，遁辭不可攻也，貧民不可威也。

無事時埋藏着許多小人，多事時識破了許多君子。

法者，御世宰物之神器，人君本天理人情而定之，人君不得與；人臣爲天下萬世守之，人臣不得與。譬之執圭捧節，奉持惟謹而已。非我物也，我何敢私？今也不然，人藉之以濟私，請托公行；我藉之以市恩，聽從如響。而辯言亂政之徒又借曰長厚、曰慈仁、曰報德、曰崇尊。夫長厚慈仁當施于法之所不犯，報德崇尊當求諸己之所得爲，奈何以朝廷公法徇人情、伸己私哉？此大公之賊也。

治世之大臣不避嫌，治世之小臣無横議。

姑息之禍甚于威嚴，此不可與長厚者道。

卑卑世態，裊裊人情，在下者工不以道之悦，在上者悦不以道之工。奔走揖拜之日多，而公務填委；簡書酬酢之文盛，而民事罔聞。時光只有此時光，精神只有此精神，所專在此，則所疏在彼。朝廷設官本勞己以安民，今也擾民以相奉矣。

天下存亡係人君喜好，鶴乘軒，何損于民？且足以亡國，而況大于此者乎？

動大衆，齊萬民，要主之以慈愛，而行之以威嚴，故曰：『威克厥愛。』又曰：『一怒而安天下之民。』若姑息寛緩，煦煦沾沾，便是婦人之仁，一些事濟不得。

爲政以徇私、弭謗、違道、干譽爲第一耻，爲人上者自有應行道理，合則行，不合則去。若委曲遷就，計利慮害，不如奉身而退。孟子謂枉尺直尋不可，推起來，雖枉一寸，直千尺，恐亦未可也。或曰：處君親之際，恐有當枉處。曰：當枉則不得謂之枉矣，是謂權以行經，畢竟是直道而行。

『與其殺不辜，寧失不經』，此舜時獄也。以舜之聖，皋陶之明，聽比屋可封之民，當淳樸未散之世，宜無不得其情者，何疑而有不經之失哉？則知五聽之法不足以盡民，而疑獄難决自古有之，故聖人寧不明也，而不忍不仁。今之决獄，輒耻不明而以臆度之見、偏主之失殺人，大可恨也。夫天道好生，鬼神有知，奈何爲此？故寧錯生了人，休錯殺了人。錯生則生者尚有悔過之時，錯殺則我亦有殺人之罪。司刑者慎之。

大纛高牙，鳴金奏管，飛旌捲蓋，清道唱騶，輿中之人志驕意得矣。蒼生之疾苦幾何？職業之修廢幾何？使無愧于心焉，即匹馬單車，如聽鈞天之樂。不然是益厚吾過也。婦人孺子豈不驚炫，恐有道者笑之。故君子之車服儀從足以辨等威而已，所汲汲者固自有在也。

徇情而不廢法，執法而不病情，居官之妙悟也。聖人未嘗不履正奉公，至其接人處事大段圓融渾厚，是以法紀不失而人亦不怨。何者？無躁急之心而不狃一切之術也。

『寬簡』二字，爲政之大體。不寬則威令嚴，不簡則科條密。以至嚴之法繩至密之事，是謂煩苛暴虐之政也。困己擾民，明王戒之。

世上没個好做底官，雖抱關之吏，也須夜行早起，方爲稱職。纔説做官好，便不是做官的人。

罪不當笞，一朴便不是；罪不當怒，一叱便不是。爲人上者慎之。

君子之事君也，道則直身而行，禮則鞠躬而盡，誠則開心而獻，禍福榮辱則順命而受。

弊端最不可開，弊風最不可成。禁弊端于未開之先易，挽弊風于既成之後難。識弊端而絶之，非知者不能；疾弊風而挽之，非勇者不能。聖王在上，誅開弊端者以徇天下，則弊風自革矣。

避其來鋭，擊其惰歸，此之謂大智，大智者不敢常在我。擊其來鋭，避其惰歸，此之謂神武，神武者，心服常在人。大智者可以常戰，神武者無俟再戰。

御衆之道，賞罰其小者，賞罰小，則大者勸懲。甚者，賞罰甚者費省而人不驚；明者，人所共知；公者，不以己私。如是雖百萬人可爲一將用，不然必勞、必費、必不行，徒多賞罰耳。

爲政要使百姓大家相安，其大利害當興革者，不過什一，外此只宜行所無事，不可有意立名建功以求烜赫之譽。故君子之建白，以無智名勇功爲第一。至于雷厲風行，未嘗不用，譬之天道然，以沖和鎮静爲常，疾風迅雷間用之而已。

罰人不盡數其罪，則有餘懼；賞人不盡數其功，則有餘望。

匹夫有不可奪之志，雖天子亦無可奈何。天子但能令人死，有視死如飴者，而天子之權窮矣。然而竟令之死，是天子自取過也。不若容而遂之，以成盛德。是以聖人體群情，不敢奪人之志，以傷天下之心，以成己之惡。

臨民要莊謹，即近習門吏，起居常侍之間，不可示之以可慢。

聖王之道以簡爲先，其繁者，其簡之所不能者也。故惟簡可以清心，惟簡可以率人，惟簡可以省人己之過，惟簡可以培壽命之原，惟簡可以養天下之財，惟簡可以不耗天地之氣。

聖人不以天下易一人之命，後世乃以天下之命易一身之尊，悲夫！吾不知得天下將以何爲也。

聖君賢相在位，不必將在朝小人一網盡去之，只去元惡大奸，每種芟其甚者一二，示吾意向之所在。彼群小衆邪與中人之可善可惡者莫不回心向道，以逃吾之所去，舊惡掩覆不暇，新善積累不及，而何敢怙終以自溺邪？故舉皋陶，不仁者遠；去四凶，不仁者亦遠。

有一種人，以姑息匪人市寬厚名；有一種人，以毛舉細故市精明名，皆偏也。聖人之寬厚不使人有所恃，聖人之精明不使人無所容，敦大中自有分曉。

申、韓亦王道之一體，聖人何嘗廢刑名不綜核？四凶之誅，舜之申、韓也；少正卯之誅，侏儒之斬，三都之墮，孔子之申、韓也。即雷霆霜雪，天亦何嘗不申、韓哉？故慈父梃詬，愛肉有針石。

三千三百，聖人非靡文是尚而勞苦是甘也。人心無所存屬，則惡念潛伏，人身有所便安，則惡行滋長。禮之繁文使人心有所用而不得他適也，使人觀文得情而習于善也，使人勞其筋骨手足而不偷慢以養其淫也，使彼此相親相敬而不傷好以起爭也，是範身聯世，制欲已亂之大防也。故曠達者樂于簡便，一決而潰之則大亂起。後世之所謂禮者，則异是矣，先王情文廢無一在而乃習容止，多揖拜，采顏色，柔聲氣，工頌諛，艷交游，密附耳躡足之語，極籩豆筐篚之費，工書刺候問之文，君子所以深疾之，欲一洗而入于崇真尚簡之歸，是救俗之大要也。雖然，不講求先王之禮，而一入于放達，樂有簡便，久而不流于西晋者幾希。

在上者無過，在下者多過。非在上者之無過，有過而人莫敢言。在下者非多過，誣之而人莫敢辯。夫惟使人無心言，然後爲上者真無過；使人心服，而後爲下者真多過也。

爲政者貴因時。事在當因，不爲後人開無故之端；事在當革，不爲後人長不救之禍。

夫治水者，通之乃所以窮之，塞之乃所以決之也。民情亦然。故先王引民情于正，不裁于法。法與情不俱行，一存則一亡。三代之得天下，得民情也；其守天下也，調民情也。順之而使不拂，節之而使不過，是謂之調。

治道之衰，起于文法之盛；弊蠹之滋，始于簿書之繁。彼所謂文法簿書者，不但經生黔首懵不見聞，即有司專職，亦未嘗檢閱校勘。何者？千宗百架，鼠蠹雨浥，或一事反覆异同，或一時互有可否。後欲遵守，何所適從？只爲積年老猾謀利市權之資耳，其實于事體無裨，弊蠹無損也。嗚呼！百家之言不火而道終不明，後世之文法不省而世終不治。

六合都是情世界，惟朝堂官府爲法世界，若也只徇情，世間更無處覓公道。

進賢舉才而自以爲恩，此斯世之大惑也。退不肖之怨，誰其當之？失賢之罪，誰其當之？奉君之命，盡己之職，而公法廢于私恩，舉世迷焉，亦可悲矣。

進言有四難：審人、審己、審事、審時。一有未審，事必不濟。

法不欲驟變，驟變雖美，駭人耳目，議論之媒也。法不欲硬變，硬變雖美，拂人心志，矯抗之藉也。故變法欲詳審，欲有漸，欲不動聲色，欲同民心而與之反覆其議論。欲心迹如青天白日，欲獨任躬行不令左右借其名以行胸臆。欲明且確，不可含糊，使人得持兩可以爲重輕。欲著實舉行，期有成效，無虛文搪塞，反貽實害。必如是而後法可變也。不然，寧仍舊貫而損益修舉之。無喜事，喜事人上者之僇也。

新法非十有益于前，百無慮于後，不可立也。舊法非于事萬無益，于理大有害，不可更也。要在文者實之，偏者救之，敝者補之，流者反之，怠廢者申明而振作之。此治體調停之中策，百世可循者也。

用三代以前見識而不迂，就三代以後家數而不俗，可以當國矣。

善處世者，要得人自然之情。得人自然之情，則何所不得？失人自然之情，則何所不失？不惟帝王爲然，雖二人同行，亦離此道不得。

夫坐法堂，厲聲色，侍列武卒，錯陳嚴刑，可生可殺，惟吾所欲爲而莫之禁，非不泰然得志也。俄而有狂士直言正色，詆過攻失，不畏尊嚴，則王公貴人爲之奪氣。于斯時也，威非不足使之死也。理屈而威以劫之，則能使之死而不能使之服矣。大盜昏夜持利刃而加人之頸，人焉得而不畏哉？伸無理之威以服人，盜之類也，在上者之所耻也。彼以理伸，我以威伸，則彼之所伸者蓋多矣。故爲上者之用威，所以行理也，非以行勢也。

『禮』之一字，全是個虛文，而國之治亂、家之存亡、人之死生、事之成敗罔不由之。故君子重禮，非謂其能厚生利用人，而厚生利用者之所必賴也。

兵革之用，德化之衰也。自古聖人亦甚盛德，即不過化存神，亦能久道成乎，使彼此相安于無事。豈有四夷不可講信修睦作鄰國邪？何至高城深池以爲衛，堅甲利兵以崇誅，侈萬乘之師，靡數百萬之財以困民，塗百萬生靈之肝腦以角力，聖人之智術而止于是邪？將至愚極拙者謀之，其計豈出此下哉？若曰無可奈何不得不爾，無爲貴聖人矣。將干羽曲格、因壘崇降，盡虛語矣乎？夫無德化可恃，無恩信可結，而曰去兵，則外夷交侵，内寇嘯聚，何以應敵？不知所以使之不侵不聚者，亦有道否也？古稱『四夷來王』，八蠻通道，越裳重譯，日月霜露之所照墜者，莫不尊親，斷非虛語。苟于此而歲歲求之，日日講之，必有良法，何至困天下之半而爲此無可奈何之策哉！

事無定分則人人各諉其勞而萬事廢，物無定分則人人各滿其欲而萬物爭。分也者，物各付物，息人奸懶貪得之心，而使事得其理、人得其情者也。分定，雖萬人不須交一言。此修齊治平之要務，二帝三王之所不能外也。

驕慣之極，父不能制子，君不能制臣，夫不能制妻，身不能自制。視死如飴，何威之能加？視恩爲玩，何惠之能益？不禍不止。故君子情盛，不敢廢紀綱，兢兢然使所愛者知恩而不敢肆，所以生之也，所以全之也。

物理人情，自然而已。聖人得其自然者以觀天下，而天下之人不能逃聖人之洞察；握其自然者以運天下，而天下之人不覺爲聖人所斡旋。即其軌物所繩，近于矯拂，然拂其人欲自然之私，而順其天理自然之公。故雖有倔强錮蔽之人，莫不憬悟而馴服，則聖人觸其自然之機，而鼓其自然之情也。

監司視小民藹然，待左右肅然，待寮寀温然，待屬官侃然，庶幾乎得體矣。

自委質後，此身原不屬我。朝廷名分，爲朝廷守之。一毫貶損不得，非抗也；一毫高亢不得，非卑也。朝廷法紀爲朝廷執之，一毫徇人不得，非固也；一毫任己不得，非葸也。

未到手時，嫌于出位而不敢學；既到手時，迫于應酬而不及學。一世業官苟且，只于虛套搪塞，竟不嚼真味，竟不見成功。雖位至三公，點檢真足愧汗。學者思之。

今天下一切人、一切事，都是苟且做，尋不著真正題目。便認了題目，嘗不着真正滋味。欲望三代之治甚難。

凡居官，爲前人者，無干譽矯情，立一切不可常之法以難後人；爲後人者，無矜能露迹，爲一朝即改革之政以苦前人。此不惟不近人情，政體自不宜爾。若惡政弊規，不防改圖，只是渾厚便好。

將古人心信今人，真是信不過；若以古人至誠之道感今人，今人未必在豚魚下也。

泰極必有受其否者，否極必有受其泰者。故水一壅必决，水一决必涸。世道縱極，必有操切者出，出則不分賢愚，一番人受其敝。嚴極必有長厚者出，出則不分賢愚，一番人受其福。此非獨人事，氣數固然也。故智者乘時因勢，不以否爲憂，而以泰爲懼。審勢相時，不决裂于一懲之後，而驟更以一切之法。昔有獵者入山，見騶虞以爲虎也，殺之，尋復悔。明日見虎以爲騶虞也，捨之，又復悔。主時勢者之過，于所懲也，亦若是夫。

法多則遁情愈多，譬之逃者，入千人之群則不可覓，入三人之群則不可藏矣。

兵，陰物也；用兵，陰道也，故貴謀。不好謀不成。我之動定敵人不聞，敵之動定盡在我心，此萬全之計也。

取天下，守天下，只在一種人上加意念，一個字上做工夫。一種人是那個？曰民。一個字是甚麼？曰安。

禮重而法輕，禮嚴而法恕，此二者常相權也。故禮不得不嚴，不嚴則肆而入于法；法不得不恕，不恕則激而法窮。

夫禮也，嚴于婦人之守貞，而疏于男子之縱欲，亦聖人之偏也。今輿隸僕僮皆有婢妾，娼女小童莫不淫狎，以爲丈夫之小節而莫之問，凌嫡失所、逼妾殞身者紛紛。恐非聖王之世所宜也，此不可不嚴爲之禁也。

西門疆尹河西，以賞勸民。道有遺羊，值五百，一人守而待。失者謝之，不受。疆曰：『是義民也。』賞之千。其人喜，他日謂所知曰：『汝遺金，我拾之以還。』所知者從之。以告疆曰：『小人遺金一兩，某拾而還之。』疆曰：『義民也。』賞之二金。其人愈益喜。曰：『我貪，每得利則失名，今也名利兩得，何憚而不爲？』

篤恭之所發，事事皆純王，如何天下不平？或曰：纔説所發，不動聲色乎？曰：日月星辰皆天之文章，風雷雨露皆天之政令，上天依舊，篤恭在那裏。篤恭，君子之無聲無臭也。無聲無臭，天之篤恭也。

君子小人調停，則勢不兩立，畢竟是君子易退，小人難除。若攻之太慘，處之太激，是謂土障狂瀾，灰埋烈火。不若君子秉成而擇才以使之，任使不效，而次第裁抑之。我懸富貴之權而示之的，曰：如此則富貴，不如此則貧賤。彼小人者，不過得富貴耳，其才可以僨天下之事，亦可以成天下之功；可激之釀天下之禍，亦可養之興天下之利。大都中人十居八九，其大奸凶極頑悍者，亦自有數。弃人于惡而迫之自弃，俾中人爲小人，小小人爲大小人，甘心抵死而不反顧者，則吾黨之罪也。噫！此難與君子道，三代以還，覆轍一一可鑒。此品題人物者所以先器識也。

當多事之秋，用無才之君子，不如用有才之小人。

肩天下之任者全要個氣，御天下之氣者全要個理。

無事時惟有丘民好蹂踐，自吏卒以上，人人得而魚肉之。有事時惟有丘民難收拾，雖天子亦無躲避處，何况衣冠？此難與誦詩讀書者道也。

余居官有六自簿：均徭先令自審，均地先令自丈，未完令其自限，紙贖令其自催，干證催詞訟令其自拘，干證拘小事令其自處。鄉約亦往往行得去，官逸而事亦理，久之可省刑罰。當今天下之民極苦官之繁苛，一與寬仁，其應如響。

自井田廢而竊劫始多矣。飽暖無資，飢寒難耐，等死耳。與其瘠僵于溝壑無人稱廉，不若苟活于旦夕未必即犯。彼義士廉夫尚難責以餓死，而况種種貧民半于天下乎？彼膏粱文綉坐于法堂而嚴刑峻法以正竊劫之罪者，不患無人，所謂『哀矜而勿喜』者誰與？余以爲，衣食足而爲盜者，殺無赦；其迫于飢寒者，皆宜有以處之。不然罪有所由而獨誅盜，亦可愧矣。

余作《原財》一篇，有六生十二耗。六生者何？曰墾荒閑之田，曰通水泉之利，曰教農桑之務，曰招流移之民，曰當時事之宜，曰詳積貯之法。十二耗者何？曰嚴造飲之禁，曰懲淫巧之工，曰重游手之罰，曰絶倡優劇戲，曰限在官之役，曰抑僭奢之俗，曰禁寺廟之建，曰戒坊第游觀之所刻無益之書，曰禁邪教之倡，曰重迎送供張之罪，曰定學校之額、科舉之制，曰誅貪墨之使。語多憤世，其文不傳。

太和之氣雖貫徹于四時，然炎徼以南常熱，朔方以北常寒，姑無論，只以中土言之，純然暄燠而無一毫寒涼之氣者，惟是五月半後、八月半前九十日耳。中間亦有夜用袷綿時。至七月而暑已處，八月而白露零，九月寒露霜降，亥子丑寅，其寒無俟言矣。二三月後猶未脱綿，穀雨以後始得斷霜。四月已夏，猶謂清和，大都嚴肅之氣歲常十八，而草木二月萌芽，十月猶有生意，乃生育長養不專在于暄燠，而嚴肅之中正所以操縱沖和之機者也。聖人之爲政也法天，當寬則用春夏，當嚴則用秋冬，而常持之體，則于嚴威之中施長養之惠。何者？嚴不匱，

惠易窮，威中之惠鼓舞人群，惠中之惠驕弛衆志。子産相鄭，鑄刑書，誅强宗，伍田疇，褚衣冠。及語子太叔，猶有『莫如猛』之言，可不謂嚴乎？乃孔子之評子産，則曰惠人也，他日又曰子産衆人之母。孔子之爲政可考矣。彼沾沾煦煦，尚姑息以養民之惡，卒至廢弛玩遨，令不行，禁不止，小人縱恣，善良吞泣，則孔子之罪人也。故曰居上以寬爲本，未嘗以寬爲政。嚴也者，所以成其寬也。故懷寬心不宜任寬政，是以懦主殺臣，慈母殺子。

餘息而在溝壑，斗珠不如升糠；裸裎而卧冰雪，敗絮重于綉縠。舉世用人，皆珠縠之貴也。有甚高品，有甚清流？不適緩急之用，即真非所急矣。

盈天地間只靠二種人爲命，曰農夫、織婦。却又没人重他，是自戕

其命也。

一代人才自足以成一代之治，既作養無術而用之者又非其人，無怪乎萬事不理也。

三代以後，治天下只求個不敢。不知其不敢者，皆苟文以應上也。真敢在心，暗則足以蠹國家，明之足以亡社稷，乃知不敢不足恃也。

古者國不易君，家不易大夫，故其治因民宜俗，立綱陳紀。百姓與己相安，然後從容漸漬，日新月盛，而治功成。故曰『必世後仁』，曰『久道成化』。譬之天地不悠久便成物不得。自封建變而爲郡縣，官無久暖之席，民無盡識之官，施設未竟而讒毀；隨之，建官未久而黜陟隨之。方胹熊蹯而奪之薪，方繅繭絲而截其緒。一番人至，一度更張。各有性情，各有識見。百姓聞其政令半不及理會，聽其教化尚未及信從，而新者卒至，舊政廢閣。何所信從？何所遵守？况加以監司之掣肘，製一幘而不問首之大小，都使之冠；製一衣而不問時之冬夏，必使之服。不審民情便否，先以簿書督責，即高才疾足之士，俄頃措置之功，亦不過目前小康，一事小補，而上以此爲殿最，下以此爲歡虞，嗚呼！傷心矣。先正有言，人不里居，田不井授，雖欲言治，皆苟而已。愚謂建官亦然，政因地而定之，官擇人而守之，政善不得更張，民安不得易法。其多事擾民，任情變法，與惰政慢法者斥逐之，更其人不易其治，則郡縣賢于封建遠矣。

法之立也，體其必至之情，寬以自生之路，而後繩其逾分之私，則上有直色而下無心言。今也小官之俸不足供饔飧，偶受常例而輒以貪法罷之，是小官終不可設也。識體者欲廣其公而閉之私，而當事者又計其私，某常例、某從來也。夫寬其所應得而後罪其不義之取，與夫因有不義之取也遂儉于應得焉孰是？蓋倉官月糧一石而驛丞俸金歲七兩云。

順心之言易入也，有害于治；逆耳之言裨治也，不可于人。可恨也！夫惟聖君以逆耳者順于心，故天下治。

使馬者知地險，操舟者觀水勢，馭天下者察民情，此安危之機也。

宇內有三權：天之權曰禍福，人君之權曰刑賞，天下之權曰褒貶。禍福不爽，曰天道之清平。有不盡然者，奪于氣數。刑賞不忒，曰君道之清平。有不盡然者，限于見聞，蔽于喜怒。褒貶不誣，曰人道之清平。有不盡然者，偏于愛憎，誤于聲響。褒貶者，天之所恃以爲禍福者也，故曰『天視自我民視，天聽自我民聽』。君之所恃以爲刑賞者也，故曰『好人之所惡，惡人之所好，是謂拂人之性』。褒貶不可以不慎也，是天道、君道之所用也。一有作好作惡，是謂天之罪人，君之戮民。

而今當民窮財盡之時，動稱礦税之害。以爲事干君父，諫之不行，總付無可奈何。吾且就吾輩安民節用以自便者言之。飲食入腹，三分銀用之不盡，而食前方丈，總屬暴殄，要他何用？僕隸二人，無三十里不肉食者，下程飯卓，要他何用？轎扛人夫，吏書馬匹，寬然有餘，而鼓吹旌旗，要他何用？下莞上簟，公座圍裙，盡章物采矣，而滿房鋪氈，要他何用？上司新到，須要參謁，而節壽之日，各州縣幣帛下程，充庭盈門，要他何用？前呼後擁，不減百人，巡捕聽事，不缺官吏，而司道府官交界送接，到處追隨，要他何用？隨巡司道，拜揖之外，張筵互款，期會不違，而帶道文卷盡取抬隨，帶道書吏盡人跟隨，要他何用？官官如此，在在如此，民間節省，一歲盡多，此豈朝廷令之不得不如此邪？吾輩可以深省矣。

酒之爲害不可勝紀也，有天下者不知嚴酒禁，雖談教養，皆苟道耳。此可與留心治道者道。

簿書所以防奸也，簿書愈多而奸愈黠，何也？千册萬簿，何官經眼？不過爲左右開打點之門，廣刁難之計，爲下司增紙筆之孽，爲百姓添需索之名。舉世昏迷，了不經意，以爲當然，一細思之，可爲大笑。有識者裁簿書十分之九而上下相安，弊端自清矣。

養士用人，國家存亡第一緊事，而今只當故事。

臣是皋、夔、稷、契，君自然是堯、舜，民自然是唐、虞。士君子當自責我是皋、夔、稷、契否？終日悠悠泄泄，只説吾君不堯、舜，弗俾厥後惟堯、舜，是誰之愧耻？吾輩高爵厚禄，寧不皇汗。

惟有爲上底難，今人都容易做。

聽訟者要如天平，未稱物先須是對針，則稱物不爽。聽訟之時心不虚平，色態纔有所著，中證便有趨向，况以辭示之意乎？當官先要

慎此。

天下之勢，頓可爲也，漸不可爲也。頓之來也驟，漸之來也遠。頓之著力在終，漸之著力在始。

屋漏尚有十目十手，爲人上者，大庭廣衆之中，萬手千目之地，譬之懸日月以示人，分毫掩護不得，如之何弗慎？

事休問大家行不行，舊規有不有，只看義上協不協。勢不在我，而于義無害，且須勉從，若有害于義，即有主之者，吾不敢從也。

有美意，必須有良法乃可行。有良法，又須有良吏乃能成。良吏者，本真實之心，有通變之才，厲明作之政者也。心真則爲民懇至，終始如一；才通則因地宜民，不狃于法；明作則禁止令行，察奸釐弊，如是而民必受福。故天下好事，要做必須實做，虚者爲之，則文具以擾人；不肖者爲之，則濟私以害政。不如不做，無損無益。

把天地間真實道理作虛套子幹，把世間虛套子作實事幹，吁！所從來久矣。非霹靂手段，變此錮習不得。

自家官靠著別人做，只是不肯踏定脚跟挺身自拔，此縉紳第一恥事。若鐵錚錚底做將去，任他如何，亦有不顛躓僵仆時。縱教顛躓僵仆，也無可奈何，自是照管不得。

作『焉能爲有無』底人，以之居鄉，盡可容得。只是受一命之寄，便是曠一命之官；在一日之職，便是廢一日之業。況碌碌苟苟，久居高華。唐、虞、三代課官是如此否？今以其不貪酷也而容之，以其善夤緣也而進之，國一無所賴，民一無所裨，而俾之貪位竊禄，此人何足責？用人者無辭矣。

近日居官，動説舊規，彼相沿以來，不便于己者悉去之，便于己者悉存之，如此，舊規百世不變。只將這念頭移在百姓身上，有利于民者

悉修舉之，有害于民者悉掃除之，豈不是居官真正道理。噫！利于民生者皆不便于己，便于己者豈能不害于民？從古以來，民生不遂，事故日多，其由可知已。

古人事業精專，志向果確，一到手便做，故孔子治魯三月而教化大行。今世居官，奔走奉承，簿書期會，不緊要底虛文，先占了大半工夫，況平日又無修政立事之心、急君愛民之志，蹉跎因循，但以浮泛之精神了目前之俗事。即有志者，亦不過將正經職業帶修一二足矣。誰始此風？誰甚此風？誰當責任而不易此風？此三人之罪不止于罷黜矣。

做上官底只是要尊重，迎送欲遠，稱呼欲尊，拜跪欲恭，供具欲麗，酒席欲豐，騶從欲都，伺候欲謹。行部所至，萬人負累，千家愁苦，即使于地方有益，蒼生所損已多。及問其職業，舉是謷文濫套，縱虎狼之吏胥騷擾傳郵，重瑣尾之文移督繩郡縣，括奇异之貨幣交結要津，

習圓軟之容辭綱羅聲譽。至生民疾苦，若聾瞽然。豈不驟貴躐遷，然而顯負君恩，陰觸天怒，吾黨恥之。

士君子到一個地位，就理會一個地位底職分，無逆料時之久暫而苟且其行，無期必人之用否而怠忽其心。入門就心安志定，爲久運之計。即使不久于此，而一日在官，一日盡職，豈容一日苟禄尸位哉！

水以潤苗，水多則苗腐；膏以助焰，膏重則焰滅。爲治一寬，非民之福也。故善人百年始可去殺。天有四時，不能去秋。

古之爲人上者，不虐人以示威，而道法自可畏也；不卑人以示尊，而德容自可敬也。脱勢分于堂階而居尊之休未嘗褻，見腹心于詞色而防檢之法未嘗疏。嗚呼！可想矣。

爲政以問察爲第一要，此堯舜治天下之妙法也。今人塞耳閉目只恁獨斷，以爲寧錯勿問，恐蹈耳軟之病，大可笑。此不求本原耳。吾心

果明，則擇衆論以取中，自無偏聽之失。心一愚暗，即詢岳牧芻蕘，尚不能自決，况獨斷乎？所謂獨斷者，先集謀之謂也。謀非集衆不精，斷非一己不決。

治道只要有先王一點心，至于制度文爲，不必一一復古。有好古者，將一切典章文物都要返太古之初，而先王精意全不理會，譬之刻木肖人，形貌絶似，無一些精神貫徹，依然是死底。故爲政不能因民隨時，以寓潛移默化之機，輒紛紛更變，驚世駭俗，紹先復古，此天下之拙夫愚子也。意念雖佳，一無可取。

賞及淫人則善者不以賞爲榮，罰及善人則惡者不以罰爲辱。是故君子不輕施恩，施恩則勸；不輕動罰，動罰則懲。

在上者當慎無名之賞。衆皆藉口以希恩，歲遂相沿爲故事。故君子惡苟恩。苟恩之人，顧一時，市小惠，徇無厭者之情，而財用之賊也。

要知用刑本意原爲弼教，苟寬能弼教，更是聖德感人，更見妙手作用。若只恃雷霆之威，霜雪之法，民知畏而不知愧，待無可畏時，依舊爲惡，何能成化？故畏之不如愧之，忿之不如訓之，遠之不如感之。

法者，一也。法曹者，執此一也。以貧富貴賤二之，則非法矣。或曰：親貴難與疏賤同法。曰：是也，八議已别之矣。八議之所不别而亦二之，將何説之辭？夫執天子之法而顧忌己之爵禄，以徇高明而虐煢獨，如國法天道何？裂綱壞紀，摧善長惡，國必病焉。

治人治法不可相無，聖人竭耳目力，此治人也。繼之以規矩準繩、六律五音，此治法也。説者猶曰有治人無治法。然則治人無矣，治法可盡廢乎？夫以藏在盟府之空言，猶足以伏六百年後之霸主，而況法乎？故治天下者以治人立治法，法無不善；留治法以待治人，法無不行。

君子有君子之長，小人有小人之長。用君子易，用小人難，惟聖人能用小人。用君子在當其才，用小人在制其毒。

只用人得其當，委任而責成之，不患天下不治。二帝三王急親賢，作當務之急第一事。

古之聖王不盡人之情，故下之忠愛嘗有餘。後世不然，平日君臣相與僅足以存體面而無可感之恩，甚或拂其心而懷待逞之志，至其趨大事、犯大難，皆出于分之不得已。以不得已之心供所不欲之役，雖臨時固結，猶恐不親，而上之誅求責望又復太過，故其空名積勢不足以鎮服人心而庇其身國。嗚呼！民無自然之感而徒迫于不得不然之勢，君無油然之愛而徒劫之不敢不然之威，殆哉！

古之學者，窮居而籌兼善之略。今也同爲僚殞，後進不敢問先達之事，右署不敢知左署之職。在我避侵職之嫌，在彼生望蜀之議。是以未至其地也不敢圖，既至其地也不及習，急遽苟且，了目前之套數而已，安得樹可久之功，張無前之業哉？

百姓寧賤售而與民爲市，不貴值而與官爲市。故物滿于廛，貨充于肆，官求之則不得，益價而求之亦不得。有一官府欲采繒，知市直，密使吏增直，得之。既行，而商知其官買也，追之，已入公門矣。是商也，明日逃去。人謂商曰：『此公物不虧值。』曰：『吾非爲此公。今日得我一繒，他日責我無極。人人未必皆此公，後日未必猶此公也。減直何害？甚者經年不予直；遲直何害？甚者竟不予直；一物無直何害？甚者數取皆無直。吏卒因而附取亦無直。無直何害？甚者無是貨也而責之有，捶楚亂加。爲之遍索而不得，爲之遠求而難待。誅求者非一官，逼取者非一貨，公差之需索，公門之侵扣，價銀之低假又不暇論也。嗟夫！寧逢盜劫，無逢官賒。盜劫猶申冤于官，官賒則無所赴訴

矣。』予聞之，謂僚友曰：『民不我信，非民之罪也。彼固求貨之出手耳，何擇于官民？又何親于民而何仇于官哉？無輕取，無多取，與民同直而即日面給焉，年年如是，人人如是，又禁府州縣之不如是者，百姓獨非人哉？無彼尤也。』

『公正』二字是撐持世界底，沒了這二字，便塌了天。

人臣有二儆，曰私，曰僞。私則利己徇人而公法壞，僞則彌縫粉飾而實政墮。公法壞則豪强得以横恣，貧賤無所控訴而愁怨多。實政墮則視國民不啻越秦，逐勢利如同商賈而身家肥。此亂亡之漸也，何可不儆。

『與上大夫言，誾誾如也。』朱注云：『誾誾，和悦而諍。』只一『諍』字，十分扶持世道。近世見上大夫，少不了和悦，只欠一『諍』字。

古今觀人，離不了好惡，武叔毁仲尼，伯寮訴子路，臧倉沮孟子，

從來聖賢未有不遭謗毀者，故曰：其不善者惡之，不爲不善所惡，不成君子。後世執進退之柄者只在鄉人皆好之上取人，千人之譽不足以敵一人之毀，更不察這毀言從何處來，更不察這毀人者是小人是君子。是以正士傷心，端人喪氣。一入仕途，只在彌縫塗抹上做工夫，更不敢得罪一人。嗚呼！端人正士叛中行而惟鄉原是師，皆由是非失真、進退失當者驅之也。

圖大于細，不勞力，不費財，不動聲色，暗收百倍之功。用柔爲剛，愈涵容，愈愧屈，愈契腹心，化作兩人之美。

銓署楹帖：直者無庸我力，枉者我無庸力，何敢貪天之功；恩則以奸爲賢，怨則以賢爲奸，豈能逃鬼之責。

公署楹帖：只一個志誠，任從你千欺百罔；有三尺明法，休犯他十惡五刑。

公署楹帖：皇天下鑒此心，敢不光明正直；赤子來游吾腹，願言豈弟慈祥。

按察司署楹帖：光天化日之下，四方陰邪休行；大冬嚴雪之中，一點陽春自在。

發示驛遞：痛蒼赤食草飯沙，安忍吸民膏以縱口腹；睹閭閻賣妻鬻子，豈容窮物力而擁車徒。

發示州縣：憫其飢，念其寒，誰不可憐子女，肯推毫髮與蒼生，不枉爲民父母；受若直，怠若事，誰能放過僕童，況糜膏脂無治狀，也應念及兒孫。

裏垣懸署楹帖：百姓有知，願教竹頭生笋；三堂無事，任從門外張羅。

莫以勤勞怨辛苦，朝庭覓你做奶母。

城門四聯：東延和門：青帝布陽春，鬱鬱葱葱生氣溢沙隨之外；黄堂流德澤，融融液液太和在梁苑之西。南文明門：萬丈文光北射斗牛通魁柄；三星物采東聯箕尾上臺躔。西寶成門：萬寶告成，耕夫織婦白叟黄童年年歌大有；五徵來備，東舍西鄰村北畽處處樂同人。北鍾祥門：洪濤來萬里恩波，遠抱崇墉浮瑞靄；玄女注千年聖水，潛滋環海護生靈。

外篇　卷六

人情

無所樂，有所苦，即父子不相保也，而况民乎？有所樂，無所苦，即戎狄且相親也，而况民乎？

世之人，聞人過失便喜談而樂道之，見人規己之過，既掩護之，又痛疾之。聞人稱譽便欣喜而誇張之，見人稱人之善，既蓋藏之，又搜索之。試思這個念頭是君子乎？是小人乎？

乍見之患，愚者所驚；漸至之殃，智者所忽也。以愚者而當智者之所忽，可畏哉！

論人情只往薄處求，説人心只往惡邊想，此是私而刻底念頭，自家便是個小人。古人責人每于有過中求無過，此是長厚心、盛德事。學者熟思，自有滋味。

人説己善則喜，人説己過則怒，自家善惡自家真知，待禍敗時欺人不得。人説體實則喜，人説體虚則怒，自家病痛自家獨覺，到死亡時欺人不得。

一巨卿還家，門户不如做官時，悄然不樂，曰：『世態炎凉如是，人何以堪？』余曰：『君自炎凉，非獨世態之過也。平常淡素是我本來事，熱鬧紛華是我儻來事，君留戀富貴以爲當然，厭惡貧賤以爲遭際，何炎凉如之而暇嘆世情哉！』

迷莫迷于明知，愚莫愚于用智，辱莫辱于求榮，小莫小于好大。

兩人相非，不破家忘身不止，只回頭任自家一句錯，便是無邊受用。兩人自是，不反面稽唇不止，只温語稱人一句好，便是無限歡欣。

將好名兒都收在自家身上，將惡名兒都推在別人身上，此天下通情，不知此兩個念頭都攬個惡名在身，不如讓善引過。

露己之美者惡，分人之美者尤惡，而況專人之美、竊人之美乎？吾黨戒之。

守義禮者，今人以爲居傲；工諛佞者，今人以爲謙恭。舉世名公達宦，自號儒流，亦迷亂相責而不悟，大可笑也。

愛人以德而令之仇，人以德愛我而仇之，此二人者皆愚也。

無可知處，盡有可知之人，而忽之謂之瞽。可知處，盡有不可知之人，而忽之亦謂之瞽。

世間有三利衢壞人心術，有四要路壞人氣質，當此地而不壞者，可謂定守矣。君門，士大夫之利衢也。公門，吏胥之利衢也。市門，商賈之利衢也。翰林、吏部、臺、省，四要路也。有道者處之，在在都是真我。

朝廷法紀做不得人情，天下名分做不得人情，聖賢道理做不得人情，他人事做不得人情，我無力量做不得人情。以此五者徇人，皆安也，君子慎之。

古人之相與也，明目張膽，推心置腹。其未言也，無先疑；其既言也，無後慮。今人之相與也，小心屏息，藏意飾容，其未言也，懷疑畏；其既言也，觸禍機。哀哉！安得心地光明之君子而與之披情愫、論肝膈也？哀哉！彼亦示人以光明而以機阱陷人也。

古之君子，不以其所能者病人，今人却以其所不能者病人。

古人名望相近則相得，今人名望相近則相妒。

福莫大于無禍，禍莫大于求福。

言在行先，名在實先，食在事先，皆君子之所耻。

兩悔無不釋之怨，兩求無不合之交，兩怒無不成之禍。

己無才而不讓能，甚則害之；己爲惡而惡人之爲善，甚則誣之；己貧賤而惡人之富貴，甚則傾之。此三妒者，人之大戮也。

以患難時心居安樂，以貧賤時心居富貴，以屈局時心居廣大，則無往而不泰然。以淵谷視康莊，以疾病視强健，以不測視無事，則無往而不安穩。

不怕在朝市中無泉石心，只怕歸泉石時動朝市心。

積威與積恩二者皆禍也。積威之禍可救，積恩之禍難救。積威之後，寬一分則安，恩一分則悦。積恩之後，止而不加則以爲薄，才減毫髮則以爲怨。恩極則窮，窮則難繼；愛極則縱，縱則難堪。不可繼則不進，其勢必退。故威退爲福，恩退爲禍；恩進爲福，威進爲禍。聖人非靳恩也，懼禍也。濕薪之解也易，燥薪之束也難。聖人之靳恩也，其愛人無已之至情，調劑人情之微權也。

人皆知少之爲憂，而不知多之爲憂也，惟智者憂多。

衆惡之必察焉，衆好之必察焉，易；自惡之必察焉，自好之必察焉，難。

有人情之識，有物理之識，有事體之識，有事勢之識，有事變之識，有精細之識，有闊大之識。此皆不可兼也，而事變之識爲難，闊大之識爲貴。

聖人之道，本不拂人，然亦不求可人。人情原無限量，務可人不惟不是，亦自不能，故君子只務可理。

施人者雖無已，而我常慎所求，是謂養施。報我者雖無已，而我常不敢當，是謂養報。此不盡人之情而全交之道也。

攻人者，有五分過惡只攻他三四分，不惟彼有餘懼，而亦傾心引服，足以塞其辯口。攻到五分已傷渾厚，而我無救性矣。若更多一分，是貽之以自解之資，彼據其一而得五，我貪其一而失五矣。此言責家之大戒也。

見利向前，見害退後，同功專美于已，同過委罪于人，此小人恒態，而丈夫之耻行也。

任彼薄惡，而吾以厚道敦之，則薄惡者必愧感，而情好愈篤。若因其薄惡也而亦以薄惡報之，則彼我同非，特分先後耳，畢竟何時解釋？此庸人之行，而君子不由也。

恕人有六：或彼識見有不到處，或彼聽聞有未真處，或彼力量有不及處，或彼心事有所苦處，或彼精神有所忽處，或彼微意有所在處。先此六恕而命之不從，教之不改，然後可罪也已。是以君子教人而後責人，體人而後怒人。

直友難得，而吾又拒以諱過之聲色；佞人不少，而吾又接以喜諛之意態。嗚呼！欲不日入于惡也，難矣。

笞、杖、徒、流、死，此五者，小人之律令也。禮、義、廉、耻，此四者，君子之律令也。小人犯律令刑于有司，君子犯律令刑于公論。雖然，刑罰濫及，小人不懼，何也？非至當之刑也。毁謗交攻，君子不懼，何也？非至公之論也。

情不足而文之以言，其言不可親也。誠不足而文之以貌，其貌不足信也。是以天下之事貴真，真不容掩，而見之言貌，其可親可信也夫。

勢、利、術、言，此四者公道之敵也。炙手可熱則公道爲屈，賄賂潛通則公道爲屈，智巧陰投則公道爲屈，毁譽肆行則公道爲屈。世之冀幸受誣者，不啻十五也，可慨夫！

聖人處世只于人情上做工夫，其于人情又只于未言之先、不言之表上做工夫。

美生愛，愛生狎，狎生玩，玩生驕，驕生悍，悍生死。

禮是聖人制底，情不是聖人制底。聖人緣情而生禮，君子見禮而得情。衆人以禮視禮，而不知其情，由是禮爲天下虛文，而崇真者思弃之矣。

人到無所顧惜時，君父之尊不能使之嚴，鼎鑊之威不能使之懼，千言萬語不能使之喻，雖聖人亦無如之何也已。聖人知其然也，每養其體面，體其情私，而不使至于無所顧惜。

稱人以顔子，無不悦者，忘其貧賤而夭；稱人以桀、紂、盗跖，無不怒者，忘其富貴而壽。好善惡惡之同然如此，而作人却與桀、紂、盗跖同歸，何惡其名而好其實耶？

今人骨肉之好不終，只爲看得爾我二字太分曉。

聖人制禮本以體人情，非以拂之也。聖人之心非不因人情之所便而各順之，然順一時便一人，而後天下之大不順便者因之矣。故聖人不敢恤小便拂大順，徇一時弊萬世，其拂人情者，乃所以宜人情也。

好人之善，惡人之惡，不難于過甚。只是好己之善，惡己之惡，便不如此痛切。

誠則無心，無心則無迹，無迹則人不疑，即疑，久將自消。我一着意，自然着迹，着迹則兩相疑，兩相疑則似者皆真，故着意之害大。三五歲之男女終日談笑于市，男女不相嫌，見者亦無疑于男女，兩誠故也。繼母之慈，嫡妻之惠，不能脱然自忘，人未必脱然相信，則着意之故耳。

一人運一甓，其行疾；一人運三甓，其行遲；又二人共輿十甓，其行又遲，比暮而較之，此四人者，其數均。天下之事苟從其所便而足以濟事，不必律之使一也，一則人情必有所苦。先王不苦人所便以就吾之一而又病于事。

人之情有言然而意未必然，有事然而意未必然者，非勉强于事勢則束縛于體面。善體人者要在識其難言之情而不使其爲言與事所苦，此聖人之所以感人心而人樂爲之死也。

人情愈體悉愈有趣味，物理愈玩索愈有入頭。

不怕多感，只怕愛感，世之逐逐戀戀，皆愛感者也。

人情之險也極矣，一令貪，上官欲論之而事泄，彼陽以他事得罪，上官避嫌，遂不敢論，世謂之箝口計。

有二三道義之友，數日別，便相思。以爲世俗之念，一別便生；親厚之情，一別便疏。余曰：君此語甚有趣，向與淫朋狎友滋味迥然不同，但真味未深耳。孔、孟、顔、思，我輩平生何嘗一接？只今誦讀體認間，如朝夕同堂對語，如家人父子相依，何者？心交神契，千載一時，萬里一身也。久之，彼我且無，孰離孰合、孰親孰疏哉？若相與而善念生，相違而欲心長，即旦暮一生，濟得甚事？

物理

鴟鴉，其本聲也如鵲鳩，然第其聲可憎，聞者以爲不祥，每彈殺之。夫物之飛鳴何嘗擇地哉？集屋鳴屋，集樹鳴樹，彼鳴屋者，主人疑之矣，不知其鳴于野樹，主何人不祥也？至于犬人行，鼠人言，豕人立，真大异事，然不祥在物，無與于人。即使于人爲凶，然亦不過感戾氣而呈兆，在物亦莫知所以然耳。蓋鬼神愛人，每示人以趨避之幾，人能恐懼修省，則可轉禍爲福。如景公之退孛星，高宗之枯桑穀，妖不勝德，理氣必然。然則妖异之呈兆，即蓍龜之告繇，是吾師也，何深惡而痛去之哉？

春夏秋冬不是四個天，東西南北不是四個地，温凉寒熱不是四個氣，喜怒哀樂不是四個面。

臨池者不必仰觀，而日月星辰可知也；閉户者不必游覽，而陰晴寒暑可知也。

有國家者要知真正祥瑞，真正祥瑞者，致祥瑞之根本也。民安物阜，四海清寧，和氣薰蒸而祥瑞生焉，此至治之符也。至治已成，而應徵乃見者也。即無祥瑞，何害其爲至治哉！若世亂而祥瑞生焉，則祥瑞乃灾异耳。是故灾祥無定名，治亂有定象。庭生桑穀未必爲妖，殿生玉芝未必爲瑞。是故聖君不懼灾异，不喜祥瑞，盡吾自修之道而已。不然，豈後世祥瑞之主出二帝三王上哉？

先得天氣而生者，本上而末下，人是已。先得地氣而生者，本下而末上，草木是已。得氣中之質者飛，得質中之氣者走，得渾淪磅礴之氣質者爲山河、爲巨體之物，得游散纖細之氣質者爲蠛蠓蚊蟻蠢動之蟲、爲苔蘚蘋蓬藜蔇之草。

入釘惟恐其不堅，拔釘惟恐其不出。下鎖惟恐其不嚴，開鎖惟恐其不易。

以恒常度氣數，以知識定窈冥，皆造化之所笑者也。造化亦定不得，造化尚聽命于自然，而况爲造化所造化者乎？堪輿星卜諸書，皆屢中者也。

古今載籍莫濫于今日，括之有九：有全書，有要書，有贅書，有經世之書，有益人之書，有無用之書，有病道之書，有雜道之書，有敗俗之書。《十三經注疏》、《二十一史》，此謂全書。或撮其要領，或類其雋腴，如《四書》、《六經》集注、《通鑒》之類，此謂要書。當時務，中機宜，用之而物阜民安，功成事濟，此謂經世之書。言雖近理，而掇拾陳言，不足以羽翼經史，是謂贅書。醫技農卜，養生防患，勸善懲惡，是謂益人之書。

無關于天下國家，無益于身心性命，語不根心，言皆應世，而妨當世之務，是謂無用之書，又不如贅。佛老莊列，是謂病道之書。迂儒腐說，賢智偏言，是謂雜道之書。淫邪幻誕、機械誇張，是謂敗俗之書。有世道之責者，不毅然沙汰而芟鋤之，其爲世教人心之害也不小。

火不自知其熱，冰不自知其寒，鵬不自知其大，蟻不自知其小，相忘于所生也。

聲無形色，寄之于器。火無體質，寄之于薪。色無着落，寄之草木。故五行惟火無體而用不窮。

大風無聲，湍水無浪，烈火無焰，萬物無影。

萬物得氣之先。

無功而食，雀鼠是已。肆害而食，虎狼是已。士大夫可圖諸座右。

薰香蕕臭，蕕固不可有薰也，是多了底不如無臭。無臭者，臭之母也。

聖人因蛛而知網罟，蛛非學聖人而布絲也。因蠅而悟作繩，蠅非學聖人而交足也。物者，天能；聖人者，人能。

執火不焦指，輪圓不及下者，速也。

柳炭鬆弱無力，見火即盡。榆炭稍强，火稍烈。桑炭强，山栗炭更强。皆逼人而耐久。木死成灰，其性自在。

莫向落花長太息，世間何物無終盡。

廣喻

劍長三尺，用在一絲之銛刃。筆長三寸，用在一端之鋭毫，其餘皆無用之羨物也。雖然，使劍與筆但有其銛者鋭者焉，則其用不可施。則知無用者，有用之資；有用者，無用之施。易牙不能無爨子，歐冶不能無砧手，工輸不能無鑽厮，苟不能無，則與有用者等也，若之何而可以相病也？

坐井者不可與言一度之天，出而四顧，則始覺其大矣。雖然，雲木礙眼，所見猶拘也。登泰山之巔，則視天莫知其際矣。雖然，不如身游八極之表，心通九垓之外，天在胸中，如太倉一粒，然後可以語通達之識。

着味非至味也，故玄酒爲五味先。着色非至色也，故太素爲五色主。着象非至象也，故無象爲萬象母。着力非至力也，故大塊載萬物而不負。着情非至情也，故太清生萬物而不親。着心非至心也，故聖人應萬事而不有。

凡病人，面紅如赭，髮潤如油者不治，蓋萃一身之元氣血脉盡于面目之上也。嗚呼！人君富，四海貧，可以懼矣。

有國家者，厚下恤民非獨爲民也。譬之于墉，廣其下削其上乃可固也。譬之于木，溉其本剔其末乃可茂也。夫墉未有上豐下狹而不傾，木未有露本繁末而不斃者。可畏也夫！

天下之勢，積漸成之也。無忽一毫，輿羽折軸者，積也；無忽寒露，尋至堅冰者，漸也。自古天下國家身之敗亡，不出『積漸』二字，積之微漸，之始，可爲寒心哉！

火之大灼者無烟，水之順流者無聲，人之情平者無語。

風之初發于谷也，拔木走石，漸遠而減，又遠而弱，又遠而微，又遠而盡，其勢然也。使風出谷也，僅能振葉拂毛，即咫尺不能推行矣。京師號令之首，紀法不可以不振也。

背上有物，反顧千萬轉而不可見也。遂謂人言不可信，若必待自見，則無見時矣。

人有畏更衣之寒而忍一歲之凍，懼一針之痛而甘必死之瘍者。一勞永逸，可與有識者道。

齒之密比，不嫌于相逼，固有故也。落而補之，則覺有物矣。夫惟固有者，多不得，少不得。

嬰珠佩玉，服錦曳羅，而餓死于室中，不如丐人持一升之粟。是以明王貴用物，而誅尚無用者。

元氣已虛而血肉未潰，飲食起居不甚覺也。一旦外邪襲之，溘然死矣。不怕千日，怕一旦，一旦者，千日之積也。千日可爲，一旦不可爲矣。故慎于千日，正以防其一旦也。有天下國家者可惕然懼矣。

以果下車駕騏驥，以盆池水養蛟龍，以小廉細謹繩英雄豪杰，善官人者笑之。

水千流萬派始于一源，木千枝萬葉出于一本，人千酬萬應發于一心，身千病萬症根于一臟。眩于千萬，舉世之大迷也。直指原頭，智者

之獨見也。故病治一而千萬皆除，政理一而千萬皆舉矣。

水、鑒、燈燭、日月、眼，世間惟此五照宜謂五明。

毫釐之輕，斤鈞之所藉以爲重者也；合勺之微，斛斗之所賴以爲多者也；分寸之短，丈尺之所需以爲長者也。

人中黄之穢，天靈蓋之凶，人人畏惡之矣。卧病于床，命在須臾，片腦、蘇合、玉屑、金箔，固有視爲無用之物，而唯彼之亟亟者，時有所需也。膠柱用人于緩急之際，良可悲矣。

長戟利于錐而戟不可以爲錐，猛虎勇于狸而虎不可以爲狸。用小者無取于大，猶用大者無取于小，二者不可以相誚也。

天喬之物利于水澤，土燥烈，天旱乾，固枯槁矣。然沃以滷水則黄，沃以油漿則病，沃以沸湯則死。惟井水則生，又不如河水之王。雖然，儻浸漬汪洋、泥淖經月，惟水物則生，其他未有不死者，用恩顧不

難哉！

鑒不能自照，尺不能自度，權不能自稱，囿于物也。聖人則自照自度自稱，成其爲鑒爲尺爲權，而後能妍媸、長短、輕重天下。

冰凌燒不熟，石沙蒸不粘。

火性空，故以蘭麝投之則香，以毛骨投之則殠。水性空，故烹茶清苦，煮肉則腥膻。無我故也。無我故能物物，若自家有一種氣味雜于其間，則物矣。物與物交，兩無賓主，同歸于雜。如煮肉于茶，投毛骨于蘭麝，是謂渾淆駁雜，物且不物，況語道乎？

大車滿載，蚊蚋千萬集焉，其去其來，無加于重輕也。

蒼松古柏與夭桃穠李爭妍，重較鸞鑣與衡車獵馬爭步，豈直不能，辦可醜矣。

射之不中也，弓無罪，矢無罪，鵠無罪；書之弗工也，筆無罪，墨無罪，紙無罪。

鎖鑰各有合，合則開，不合則不開。亦有合而不開者，必有所以合而不開之故也。亦有終日開，偶然抵死不開，必有所以偶然不開之故也。萬事必有故，應萬事必求其故。

窗間一紙，能障拔水之風；胸前一瓠，不溺拍天之浪。其所托者然也。

人有饋一木者，家僮曰：『留以爲梁。』余曰：『木小不堪也。』僮曰：『留以爲棟。』余曰：『木大不宜也。』僮笑曰：『木一也，忽病其大，又病其小。』余曰：『小子聽之：物各有宜用也，言各有攸當也，豈惟木哉！』他日爲余生炭滿爐烘人，余曰：『太多矣。』乃盡濕之，留星星三二點，欲明欲滅。余曰：『太少矣。』僮怨曰：『火一也，既嫌其多，又嫌其少。』余曰：『小子聽之：情各有所適也，事各有所量也，豈惟火哉！』

海，投以污穢，投以瓦礫，無所不容。取其寶藏，取其生育，無所不與。廣博之量足以納，觸忤而不驚，富有之積足以供，采取而不竭。聖人者，萬物之海也。

鏡空而無我相，故照物不爽分毫，若有一絲痕，照人面上便有一絲，若有一點瘢，照人面上便有一點差，不在人面也。心體不虛而應物亦然。故禪家嘗教人空諸有，而吾儒惟有喜怒哀樂未發之中，故有發而中節之和。

人未有洗面而不閉目，撮紅而不慮手者，此猶愛小體也。

人未有過檐滴而不疾走，踐泥塗而不揭足者，此直愛衣履耳。

七尺之軀顧不如一履哉？乃沉之滔天情欲之海，拚于焚林暴怒之場，粉身碎體甘心焉而不顧，悲夫！

惡言如鴟梟之叫，閑言如燕雀之喧，正言如狻猊之吼，仁言如鸞鳳之鳴。以此思之，言可弗慎與！

左手畫圓，右手畫方，是可能也。鼻左受香，右受惡；耳左聽絲，右聽竹；目左視東，右視西，是不可能也。一體且難分，況一念而可雜乎？

擲髮于地，雖烏獲不能使有聲；投核于石，雖童子不能使無聲。人豈能使我輕重哉？自輕重耳。

澤、路之役，余與僚友并肩輿，日莫矣，僚友問輿夫：『去路幾何？』曰：『五十里。』僚友憮然。少間又問：『尚有幾何？』曰：『四十五里。』如此者數問，而聲愈厲，意迫切不可言，甚者怒罵。余少憩車中，既下車，戲之曰：『君費力如許，到來與我一般。』僚友笑曰：『余口津且竭矣，而咽若火，始信兄討得便宜多也。』問卜筮者亦然，天下豈有兒不下迫而強自催生之理乎？大抵皆揠苗之見也。

進香叫佛，某不禁，同僚非之。余憮然曰：『王道荆榛而後蹊徑多，彼所爲誠非善事，而心且福利之，爲何可弗禁？所賴者緣是以自戒而不敢爲惡也。故歲饑不禁草木之實，待年豐彼自不食矣。善乎孟子之言曰：「君子反經而已矣。」「而已矣」三字，旨哉妙哉，涵蓄多少趣味！』

日食膾炙者，日見其美，若不可一日無。素食三月，聞肉味只覺其腥矣。今與膾炙人言腥，豈不訝哉！

鈎吻、砒霜也都治病，看是甚麽醫手。

家家有路到長安，莫辨東西與南北。

一薪無焰，而百枝之束燎原；一泉無渠，而萬泉之會溢海。

鐘一鳴，而萬户千門在耳者莫不入其聲，而聲非不足。使鐘鳴于百里無人之野，無一人聞之，而聲非有餘。鐘非人人分送其聲而使之入人，人非取足于鐘之聲以盈吾耳，此一貫之説也。

未有有其心而無其政者，如漬種之必苗，爇蘭之必香。未有無其心而有其政者，如塑人之無語，畫鳥之不飛。

某嘗與友人論一事，友人曰：『我胸中自有權量。』某曰：『雖婦人孺子，未嘗不權量，只怕他大斗小秤。』

齁鼾驚鄰，而睡者不聞；垢污滿背，而負者不見。

愛虺蝮而撫摩之，鮮不受其毒矣。惡虎豹而搏之，鮮不受其噬矣。

處小人在不遠不近之間。

玄奇之疾，醫以平易；英發之疾，醫以深沉；闊大之疾，醫以充實。

不遠之復，不若未行之審也。

千金之子，非一日而貧也。日朘月削，損于平日，而貧于一旦。不咎其積，而咎其一旦，愚也。是故君子重小損，矜細行，防微敝。

上等手段用賊，其次拿賊，其次躲着賊走。

曳新履者，行必擇地。苟擇地而行，則履可以常新矣。

被桐以絲，其聲兩相借也。道不孤成，功不獨立。

坐對明燈不可以見暗，而暗中人見對燈者甚真。是故君子貴處幽。

無涵養之功，一開口動身便露出本象，說不得你有灼見真知。無保養之實，遇外感內傷依舊是病人，說不得你有真傳口授。

磨墨得省身克己之法，膏筆得用人處事之法，寫字得經世宰物之法。

不知天地觀四時，不知四時觀萬物。四時分成是四截，總是一氣

呼吸。譬如釜水寒溫熱涼，隨火之有無而變，不可謂之四水。萬物分來是萬種，總來一氣薰陶。譬如一樹花，大小後先隨氣之完欠而成，不可謂之殊花。

陽主動，動生燥。有得于陽則袒裼可以臥冰雪。陰主靜，靜生寒，有得于靜則盛暑可以衣裘褐。君子有得于道，焉往而不裕如哉！外若可撓，必內無所得者也。

或問：士希賢，賢希聖，聖希天，何如？曰：體味之不免有病。士、賢、聖，皆志于天，而分量有大小，造詣有淺深者也。譬之適長安者，皆志于長安，其行有疾遲，有止不止耳。若曰：跬步者希百里，百里者希千里，則非也。故造道之等必由賢而後能聖，志之所希則合下便欲與聖人一般。

言教不如身教之行也，事化不如意化之妙也。事化信，信則不勞

而教成；意化神，神則不知而俗變。螟蛉語生，言化也；鳥孚生，氣化也；鱉思生，神化也。

天道漸則生，躐則殺。陰陽之氣皆以漸，故萬物長養而百化昌遂。冬煖則生氣散，夏寒則生氣收，皆躐也。故聖人舉事不駭人聽聞。

只一條綫把緊，要機栝提掇得醒，滿眼景物都生色，到處鬼神都響應。

一法立而一弊生，誠是。然因弊生而不立法，未見其爲是也。夫立法以禁弊，猶爲防以止水也。堤薄土疏而乘隙決潰，誠有之矣，未有因決而廢防者。無弊之法，雖堯、舜不能。生弊之法，亦立法者之拙也。故聖人不苟立法，不立一事之法，不爲一切之法，不懲小弊而廢良法，不爲一時之弊而廢可久之法。

廟堂之上最要蕩蕩平平，寧留有餘不盡之意，無爲一着快心之

事。或者不然予言，予曰：君見懸墜乎？懸墜者以一綫繫重物，下垂往來不定者也。當兩壁之間，人以一手撼之，撞于東壁重，則反于西壁亦重，無撞而不反之理，無撞重而反輕之理。待其定也，中懸而止。君快于東壁之一撞，而不慮西壁之一反乎？國家以無事爲福，無心處事，當可而止，則無事矣。

地以一氣噓萬物而使之生，而物之受其氣者，早暮不同，則物之性殊也，氣無早暮；夭喬不同，物之體殊也，氣無夭喬；甘苦不同，物之味殊也，氣無甘苦；紅白不同，物之色殊也，氣無紅白；榮悴不同，物之禀遇殊也，氣無榮悴。盡吾發育之力，滿物各足之分量，順吾生植之道，聽其取足之多寡，如此而已。聖人之治天下也亦然。

口塞而鼻氣盛，鼻塞而口氣盛，鼻口俱塞，脹悶而死。治河者不可不知也。故欲其力大而勢急，則塞其旁流；欲其力微而勢殺也，則多其

支派；欲其蓄積而有用也，則節其急流。治天下之于民情也亦然。

木鐘撞之也有木聲，土鼓擊之也有土響，未有感而不應者，如何只是怨尤？或曰：亦有感而不應者？曰：以髮擊鼓，以羽撞鐘，何應之有？

四時之氣先感萬物而萬物應，所以應者何也？天地萬物一氣也。故春感而糞壤氣升，雨感而礎石先潤，磁石動而針轉，陽燧映而火生，況有知乎？格天動物，只是這個道理。

積衰之難振也，如痿人之不能起然。若久痿須補養之，使之漸起；若新痿須針砭之，使之驟起。

器械與其備二之不精，不如精其一之爲約，二而精之，萬全之慮也。

我之子我憐之，鄰人之子鄰人憐之。非我非鄰人之子而轉相鬻育，則不死爲恩矣。是故公衙不如私舍之堅，驛馬不如家騎之肥，不以我有視之也。苟擴其無我之心，則垂永逸者不憚，今日之一勞，惟民財與力之可惜耳，奚必我居也。懷一體者當使芻牧之常足，惟造物生命之可憫耳，奚必我乘也。嗚呼！天下之有我久矣，不獨此一二事也。學者須要打破這藩籬，纔成大世界。

膾炙之處，蠅飛滿几，而太羹玄酒不至。膾炙日增，而欲蠅之集太羹玄酒，雖驅之不至也。膾炙徹而蠅不得不趨于太羹玄酒矣。是故返樸還淳，莫如崇儉而禁其可欲。

駝負百鈞，蟻負一粒，各盡其力也。象飲數石，鼷飲一勺，各充其量也。君子之用人，不必其效之同，各盡所長而已。

古人云：『聲色之于以化民，末也。』這個末，好容易底。近世聲色不行，動大聲色；大聲色不行，動大刑罰，大刑罰纔濟得一半事，化不化全不暇理會。常言三代之民與禮教習，若有奸宄，然後麗刑。如腹與菽粟偶一失調，始用藥餌。後世之民與刑罰習，若德化，不由日積月累，如孔子之『三年』，『王者之必世』，驟使欣然向道，萬萬不能。譬之剛腸硬腹之人，服大承氣湯三五劑始覺，而却以四物君子補之，非不養人，殊與疾悖而反生他症矣。却要在刑政中兼德禮，則德禮可行。所謂兼攻兼補，以攻爲補，先攻後補，有宜攻，有宜補，惟在劑量。民情不拂不縱始得。噫！可與良醫道。

得良醫而撓之，與委庸醫而聽之，其失均。

以莫邪授嬰兒而使之禦虜，以繁弱授蒙瞍而使之中的，其不勝任，授者之罪也。

道途不治，不責婦人。中饋不治，不責僕夫。各有所官也。

齊有南北官道，洿下者里餘，雨多行潦，行者不便，則傍西踏人田行。行數日而成路，田家苦之，斷以橫墻，十步一堵，堵數十焉。行者避墻更西踏田愈廣，數日又成路。田家無計，乃蹲田邊，且罵且泣，欲止欲訟，而無如多人何也。或告之曰：『墻之所斷已成弃地矣，胡不仆墻而使之通，猶得省于墻之更西者乎？』予笑曰：『更有奇法，以築墻之土墊道，則道平矣。道平，人皆由道，又不省于道之西者乎，安用墻爲？』越數日道成，道傍無一人迹矣。

瓦礫在道，過者皆弗見也，裹之以紙，人必拾之矣。十襲而櫝之，人必盗之矣。故藏之，人思亡之；掩之，人思撿之；圍之，人思窺之；障之，人思望之。惟光明者不令人疑，故君子置其身于光天化日之下，醜好在我，我無飾也；愛憎在人，我無與也。

穩桌脚者于平處着力，益甚其不平。不平有二：有兩隅不平，有一隅不平，于不少處着力，必致其攲斜。

極必反，自然之勢也。故繩過絞則反轉，擲過急則反射。無知之物尚爾，勢使然也。

是把鑰匙都開底鎖，只看投簧不投簧。

蜀道不難，有難于蜀道者。只要在人得步，得步則蜀道若周行，失步則家庭皆蜀道矣。

未有冥行疾走于斷崖絕壁之道而不傾跌者。

張敬伯常經山險，謂余曰：『天下事常震于始而安于習，某數過棧道，初不敢移足，今如履平地矣。』余曰：『君始以爲險，是不險；近以爲不險，却是險。』

君子之教人也，能妙夫因材之術，不能變其各具之質。譬之地然，發育萬物者，其性也。草得之而爲柔，木得之而爲剛，不能使草之爲木，而木之爲草也。是故君子以人治人，不以我治人。

無星之秤公則公矣，而不分明；無權之秤平則平矣，而不通變。君子不法焉。

羊腸之隘，前車覆而後車協力，非以厚之也。前車當關，後車停駕，匪惟同緩急，亦且共利害。爲人也，而實自爲也。嗚呼！士君子共事而忘人之急，無乃所以自孤也夫。

萬水自發源處入百川，容不得；入江、淮、河、漢，容不得。直流至海，則浩浩恢恢，不知江、淮幾時入，河、漢何處來，兼收而并容之矣。閑雜懊惱，無端謗讟，儻來橫逆，加之衆人不受，加之賢人不受，加之聖人則了不見其辭色，自有道以處之。故聖人者，疾垢之海也。

兩物交必有聲，兩人交必有爭。有聲，兩剛之故也。兩柔則無聲，一柔一剛亦無聲矣。有爭，兩貪之故也。兩讓則無爭，一貪一讓亦無爭矣。抑有進焉，一柔可以馴剛，一讓可以化貪。

石不入水者，堅也；磁不入水者，密也。人身內堅而外密，何外感之能入？物有一隙，水即入一隙；物虛一寸，水即入一寸。

人有兄弟爭長者，其一生于甲子八月二十五日者，其一生于乙丑二月初三日。一曰：『我多汝一歲。』一曰：『我多汝月與日。』不決，訟于有司，有司無以自斷，曰：『汝兩人者均平，不相兄；更不然，遞相兄可也。』（此《河圖》大衍對待流行之全數）

撻人者梃也，而受撻者不怨梃；殺人者刃也，而受殺者不怨刃。

人間等子多不準，自有準等兒，人又不識。我自是定等子底人，用底是時行天平法馬。

頸檠一首，足荷七尺，終身由之而不覺其重，固有之也。使他人之首枕我肩，他人之身在我足，則不勝其重矣。

不怕炊不熟，只愁斷了火。火不斷時，煉金煮砂可使爲水做泥。而今冷竈清鍋，却恁空忙作甚？

王酒者，京師富店也。樹百尺之竿，揭金書之簾，羅玉相之器，繪五楹之室，出十石之壺，名其館曰『五美』。飲者爭趨之也。然而酒惡，明日酒惡之名遍都市，又明日門外有張羅者。予嘆曰：『嘻！王酒以「五美」之名而彰一惡之實，自取窮也。夫京師之市酒者不減萬家，其爲酒惡者多矣，必人人嘗之，人人始知之，待人人知之，已三二歲矣。彼無所表著以彰其惡，而飲者亦無所指記以名其惡也。計所獲，視王酒亦百倍焉。朱酒者，酒美亦無所表著，計所獲，視王酒亦百倍焉。』或曰：『爲酒者將掩名以售其惡乎？』曰：『二者吾不居焉，吾居朱氏。夫名爲善之累也，故藏，修者惡之。彼朱酒者無名，何害其爲美酒哉！』

有膾炙于此，一人曰鹹，一人曰酸，一人曰淡，一人曰辛，一人曰精，一人曰粗，一人曰生，一人曰熟，一人曰適口，未知誰是。質之易牙而味定矣。夫明知易牙之知味，而未必已口之信從，人之情也。况世未必有易牙，而易牙又未易識，識之而又未必信從已。嗚呼！是非之難一久矣。

余燕服長公服少許，余惡之，令差短焉。或曰：『何害？』余曰：『爲下者出其分寸長，以形在上者之短，身之灾也，害孰大焉！』

水至清不掩魚鰤之細，練至白不藏蠅點之緇。故『清白』二字，君子以持身則可，若以處世，道之賊而禍之藪也。故渾淪無所不包，幽晦無所不藏。

一人入餅肆，問：『餅直幾何？』館人曰：『餅一錢一。』食數餅矣，錢如數與之。館人曰：『餅不用麵乎？應麵錢若干。』食者曰：『是也。』與之。又曰：『不用薪水乎？應薪水錢若干。』食者曰：『是也。』與之。又曰：『不用人工爲之乎？應工錢若干。』食者曰：『是也。』與之。歸而思于路曰：『吾愚也哉！出此三色錢，不應又有餅錢矣。』

一人買布一匹，價錢百五十，令染人青之。染人曰：『欲青，錢三百。』既染矣，逾年而不能取，染人牽而索之曰：『若負吾錢三百，何久不與？吾訟汝。』買布者懼，跽而懇之曰：『我布值已百五十矣，再益百五十，其免我乎！』染人得錢而釋之。

無鹽而脂粉，猶可言也；西施而脂粉，不仁甚矣。

昨見一少婦，行哭甚哀，聲似賢節，意甚憐之。友人曰：『子得無視婦女乎？』曰：『非視也，見也。大都廣衢之中，好醜雜沓，情態繽紛，入吾目者，千般萬狀，不可勝數也。吾何嘗視？吾何嘗不見？吾見此婦亦如不可勝數者而已。夫能使聰明不爲所留，心志不爲所引，如風聲日影然，何害其爲見哉？子欲入市而閉目乎？將有所擇而見乎？雖然，吾猶感心也，見可惡而惡之，見可哀而哀之，見可好而好之。雖性情之正，猶感也，感則人，無感則天。感之正者聖人，感之雜者衆人，感之邪者小人。君子不能無感，慎其所以感之者。此謂動處試静，亂中見治，工夫效驗都在這裏。』

嘗與友人游圃，品題衆芳，渠以艷色濃香爲第一。余曰：『濃香不如清香，清香不若無香之爲香。艷色不如淺色，淺色不如白色之爲色。』友人曰：『既謂之花，不厭濃艷矣。』余曰：『花也而能淡素，豈不爲尤難哉！？若松柏本淡素，則不須稱矣。』

服砒霜巴豆者，豈不得腸胃一時之快，而留毒五臟以賊元氣，病者暗受而不知也。養虎以除豺狼，豺狼盡而虎將何食哉？主人亦可寒心矣。是故梁冀去而五侯來，宦官滅而董卓起。

以佳兒易一跛子，子之父母不從，非不辨美惡也，各有所愛也。

一人多避忌，家有慶賀，一切尚紅而惡素。客有乘白馬者，不令入厩閑。有少年面白者，善詼諧，以朱塗面入，主人驚問，生曰：『知翁之惡素也，不敢以白面取罪。』滿座大笑，主人愧而改之。

有過彭澤者，值盛夏，風濤拍天。及其反也，則隆冬矣，堅冰可履。問舊館人：『此何所也？』曰：『彭澤。』怒曰：『欺我哉！吾始過彭澤，可舟也，而今可車；始也水活潑，而今堅結，無一似昔也，而君曰彭澤，欺我哉！』

人有夫婦將他出者，托僕守户。愛子在床，火延寢室。及歸，婦人震號，其夫環庭追僕而杖之。當是時也，汲水撲火，其兒尚可免與！

發去木一段，造神櫝一、鏡臺一、脚桶一。錫五斤，造香爐一、酒壺一、溺器一。此造物之象也。一段之木，五斤之錫，初無貴賤榮辱之等，賦畀之初無心，而成形之後各殊。造物者亦不知，莫之爲而爲耳。木，造物之不還者，貧賤憂戚當安于有生之初；錫，造物之循環者，富貴福澤，莫恃爲固有之物。

某嘗入一富室，見四海奇珍山積，曰：『某物予取諸蜀，某物予取諸越，不遠數千里，積數十年以有今日。』謂予：『公有此否？』曰：『予性無所嗜，設有所嗜，則百物無足而至前。』問：『何以得此？』曰：『我只是積錢。』

弄潮于萬層波面，進步于百尺竿頭。

人之手無异于己之手也，腋肋足底，己摸之不癢，而人摸之則癢。補之齒不大于己之齒也，己之齒不覺塞，而補之齒覺塞。

四脚平穩不須又加揩墊。

只見倒了墻，幾曾見倒了地。

無垢子浴面，拭之以巾，既而洗足，仍以其巾拭之。弟子曰：『舛矣，先生之用物也，即不爲物分清濁，豈不爲身分貴賤乎？』無垢子

曰：『嘻！汝何太分別也。足未濯時，面潔于足；足既濯時，何殊于面？面若不浴，面同于足，潔足污面，孰貴孰賤？』予謂弟子曰：『此禪宗也。』分別與不分別，此孔、釋之所以殊也。

兩家比舍而居，南鄰墻頹，北鄰爲之塗墍丹堊而南鄰不歸德，南鄰失火，北鄰爲之焦頭爛額而南鄰不謝勞。

喜者大笑，而怒者亦大笑；哀者痛哭，而樂者亦痛哭；歡暢者歌，而憂思者亦歌；逃亡者走，而追逐者亦走。豈可以形論心哉。

抱得不哭孩兒易，抱得孩兒不哭難。

疥癬雖小疾，只不染在身上就好。一到身上，難説是無病底人。

一滴多于一畢，一分長似一尋，誰謂細微可忽？死生只繫滴分。

四板築墻，下面仍爲上面；兩杆推磨，前頭即是後頭。

白花菜，掐不盡，一股掗十頭，一夜生三寸。

鑽腦既滑忙扯索，軋頭纔轉緊蹬杆。

誰見八珍能半飽，我欲一捷便收兵。

水銀豈可蕩漾，沐猴更莫教調。

賦蠶一聯：苟絲綸之既盡，雖鼎鑊其奚辭。

咏輿夫一聯：倒垂背上珍珠樹，高起肩頭瑪瑙峰。

詞章

《六經》之文不相師也，而後世不敢軒輊。後之爲文者，吾惑矣。擬韓臨柳，效馬學班，代相祖述，竊其糟粕，謬矣。夫文以載道也，苟文足以明道，謂吾之文爲六經可也。何也？與六經不相叛也。否則發明申、韓之學術，飾以六經之文法，有道君子以之覆瓿矣。

詩、詞、文、賦，都要有個憂君愛國之意，濟人利物之心，春風舞雩之趣，達天見性之精。不爲贅言，不襲餘緒，不道鄙迂，不言幽僻，不事刻削，不徇偏執。

一先達爲文，示予令改之，予謙讓。先達曰：『某不護短，即令公笑我，只是一人笑，若爲我回護，是令天下笑也。』予極服其誠，又服其智。嗟夫！惡一人面指，而安受天下之背笑者，豈獨文哉！豈獨一二人哉，觀此可以悟矣。

議論之家，旁引根據，然而據傳莫如據經，據經莫如據理。

古今載籍之言，率有七種：一曰天分語，身爲道鑄，心是理成，自然而然，毫無所爲，生知安行之聖人。二曰性分語，理所當然，職所當盡，務滿分量，斃而後已，學知利行之聖人。三曰是非語，爲善者爲君子，爲惡者爲小人，以勸賢者。四曰利害語，『作善降之百祥，作不善降之百殃』，以策衆人。五曰權變語，托詞畫策以應務。六曰威令語，五刑以防淫，五兵以禁亂。七曰無奈語，此語以外，皆亂道之談也。學者之所務辨也。

疏狂之人多豪興，其詩雄，讀之令人灑落，有起懦之功。清逸之人多芳興，其詩俊，讀之令人自愛，脱粗鄙之態。沈潛之人多幽興，其詩淡，讀之令人寂静，動深遠之思。冲淡之人多雅興，其詩老，讀之令人平易，消童稚之氣。

愁紅怨緑是兒女語，對白抽黄是騷墨語，嘆老嗟卑是寒酸語，慕膻附腥是乞丐語。

艱語深辭，險句怪字，文章之妖而道之賊也，後學之殃而木之灾也。路本平而山溪之，日月本明而雲霧之，無异理有异言，無深情有深語，是人不誠而是書不焚，有世教之責者之罪也。若曰其人學博而識深，意奥而語奇，然則孔、孟之言，淺鄙甚矣？

聖人不作無用文章，其論道則爲有德之言，其論事則爲有見之言，其叙述歌咏則爲有益世教之言。

真字要如聖人燕居，危坐端莊而和氣自在；草字要如聖人應物，進退存亡，辭受取予，變化不測，因事异施而不失其中。要之，同歸于任其自然，不事造作。

聖人作經，有指時物者，有指時事者，有指方事者，有論心事者，當時精意與身往矣。話言所遺，不能寫心之十一，而儒者以後世之事物、一己之意見度之，不得則强爲訓詁。嗚呼！漢宋諸儒不生，則先聖經旨後世誠不得十一，然以牽合附會而失其自然之旨者亦不少也。

聖人垂世則爲持衡之言，救世則有偏重之言。持衡之言達之天下萬世者也，可以示極。偏重之言，因事因人者也，可以矯枉。而不善讀書者每以偏重之言垂訓，亂道也夫！誣聖也夫！

言語者，聖人之糟粕也。聖人不可言之妙，非言語所能形容。漢宋以來解經諸儒，泥文拘字，破碎牽合，失聖人天然自得之趣，晦天下本然自在之道，不近人情，不合物理，使後世學者無所適從。且其負一世之高名，繫千古之重望，遂成百世不刊之典。後學者豈無千慮一得，發前聖之心傳而救先儒之小失？然一下筆開喙，腐儒俗士不辨是非，噬指而驚，掩口而笑，且曰：『茲先哲之明訓也，安得妄議？』噫！此誠信而好古之義也。泥傳離經，勉從强信，是先儒阿意曲從之子也。昔朱子將終，尚改《誠意》注說，使朱子先一年而卒，則《誠意》章必非精到之語，使天假朱子數年，所改寧止《誠意》章哉！

聖人之言，簡淡明直中有無窮之味，大羹玄酒也。賢人之言，一見便透，而理趣充溢，讀之使人豁然，膾炙珍羞也。

聖人終日信口開闔，千言萬語，隨事問答，無一字不可爲訓。賢者深沉而思，稽留而應，平氣而言，易心而語，始免于過。出此二者而恣口放言，皆狂迷醉夢語也。終日言，無一字近道，何以多爲？

詩，低處在覓故事尋對頭，高處在寫胸中自得之趣，説眼前見在之景。

自孔子時，便説『史不闕文』，又曰『文勝質則史』，把史字就作了一僞字看。如今讀史，只看他治亂興亡足爲法戒，至于是非真僞，總是除外底。譬之聽戲文一般，何須問他真僞，只是足爲感創，便于風化有關。但有一樁可恨處，只緣當真看，把僞底當真；只緣當僞看，又把真底當僞。這裏便宜了多少小人，虧枉了多少君子。

詩辭要如哭笑，發乎情之不容已，則真切而有味。果真矣，不必較工拙。後世只要學詩辭，然工而失真，非詩辭之本意矣。故詩辭以情真切、語自然者爲第一。

古人無無益之文章，其明道也，不得不形而爲言；其發言也，不得不成而爲文。所謂因文見道者也，其文之古今工拙無論。唐宋以來漸尚文章，然猶以道飾文，意雖非古而文猶可傳。後世則專爲文章矣，工其辭語，渙其波瀾，煉其字句，怪其機軸，深其意指，而道則破碎支離，晦盲否塞矣。是道之賊也，而無識者猶以文章崇尚之，哀哉！

文章有八要：簡、切、明、盡、正、大、温、雅。不簡則失之繁冗，不切則失之浮泛，不明則失之含糊，不盡則失之疏遺，不正則理不足以服人，不大則失冠冕之體，不温則暴厲刻削，不雅則鄙陋淺俗。廟堂文要有天覆地載，山林文要有仙風道骨，征伐文要有吞象食牛，奏對文要有忠肝義膽。諸如此類，可以例求。

學者讀書，只替前人解説，全不向自家身上照一照。譬之小郎替人負貨，努盡筋力，覓得幾文錢，更不知此中是何細軟珍重。

《太玄》雖終身不看亦可。

自鄉舉里選之法廢，而後世率尚詞章，唐以詩賦求真才，更爲可嘆。宋以經義取士，而我朝因之。夫取士以文，已爲言舉人矣。然猶曰：言，心聲也。因文可得其心，因心可知其人。其文爽亮者，其心必光明，而察其粗淺之病；其文勁直者，其人必剛方，而察其豪悍之病；其文藻麗者，其人必文采，而察其靡曼之病；其文莊重者，其人必端嚴，而察其寥落之病；其文飄逸者，其人必流動，而察其浮薄之病；其文典雅者，其人必質實，而察其樸鈍之病；其文雄暢者，其人必揮霍，而察其跅弛之病；其文温潤者，其人必和順，而察其巽軟之病；其文簡潔者，其人必修謹，而察其拘攣之病；其文深沉者，其人必精細，而察其陰險之病；其文冲淡者，其人必恬雅，而察其懶散之病；其文變化者，其人必圓通，而察其機械之病；其文奇巧者，其人必聰明，而察其怪誕之病；其文蒼老者，其人必不俗，而察其迂腐之病。有文之長，而無文之病，則其人可知矣。文即未純，必不可弃。今也但取其文而已，見欲深邃，調欲新脱，意欲奇特，句欲飣餖，鍛煉欲工，態度欲俏，粉黛欲濃，面皮欲厚。是以業舉之家弃理而工辭，忘我而徇世。剽竊凑泊全無自己神情，口語筆端迎合主司好尚。沿襲之調既成，本然之天不露。而校文者亦迷于世調，取其文而忘其人。何异暗摸而辨蒼黄，隔壁而察妍媸？欲得真才，豈不難哉？隆慶戊辰，永城胡君格誠登第，三場文字皆塗抹過半，西安鄭給諫大經所取士也，人皆笑之。後余閲其卷，乃嘆曰：塗抹即盡，弃擲不能，何者？其荒疏狂誕繩之以舉業，自當落第，而一般雄偉器度、爽朗精神、英英然一世豪杰，如對其面，其人之可收自在文章之外耳。胡君不羈之才，難挫之氣，吞牛食象，倒海衡山，自非尋常庸衆人。惜也以不合世調，竟使沉淪。余因拈出，以爲取士者不專在數篇工拙，當得之牝牡驪黄之外也。

萬曆丙戌而後，舉業文字如晦夜濃陰封地穴，閉目蒙被滅燈光。又如墓中人説鬼話，顛狂人説瘋話，伏章人説天話。又如《楞嚴》、《孔雀》，咒語真言，世道之大妖也。其名家云：『文到人不省得處纔中，到自家不省得處纔高中。』不重其法，人心日趨于魑魅魍魎矣。或曰：文章關甚麽人心世道？嗟！嗟！此醉生夢死語也。國家以文取士，非取其文，因文而知其心，因心而知其人，故取之耳。言若此矣，謂其人曰光明正大之君子，吾不信也。且録其人曰中式，進呈其文曰中式之文，試問其式安在？乃高皇帝所謂文理平通，明順典實者也。今以編造晦澀妄誕放恣之辭爲式，悖典甚矣。今之選試官者必以高科，其高科所中，使非明順典實之文，其典試也，安得不黜明順典實之士乎？人心巧僞，皆此文爲之祟耳。噫！是言也，向誰人道，不過仰屋長太息而已。使禮曹禮科得正大光明、執持風力之士，無所畏徇，重一懲創，一兩科後，無劉幾矣。

《左傳》、《國語》、《戰國策》，春秋之時文也，未嘗見春秋時人學三代。《史記》、《漢書》，西漢之時文也，未嘗見班、馬學《國》、《左》。今之時文安知非後世之古文，而不擬《國》、《左》則擬《史》、《漢》。陋矣，人之弃已而襲人也。六經、四書，三代以上之古文也，而不擬者何？習見也。甚矣，人之厭常而喜异也。余以爲文貴理勝，得理，何古何今？苟理不如人而摹仿于句字之間，以希博洽之譽，有識者耻之。

詩家無拘鄙之氣，然令人放曠；詞家無暴戾之氣，然令人淫靡。道學自有泰而不驕、樂而不淫氣象，雖寄意于詩詞，而綴景言情皆自義理中流出，所謂吟風弄月，有『吾與點也』之意。

文華叢書

《文華叢書》是廣陵書社歷時多年精心打造的一套綫裝小型開本國學經典。選目均爲中國傳統文化之經典著作，如《唐詩三百首》《宋詞三百首》《古文觀止》《四書章句》《六祖壇經》《山海經》《天工開物》《歷代家訓》《納蘭詞》《紅樓夢詩詞聯賦》等，均爲家喻户曉、百讀不厭的名作。裝幀採用中國傳統的宣紙、綫裝形式，古色古香，樸素典雅，富有民族特色和文化品位。精選底本，精心編校，字體秀麗，版式疏朗，價格適中。經典名著與古典裝幀珠聯璧合，相得益彰，贏得了越來越多讀者的喜愛。現附列書目，以便讀者諸君選購。

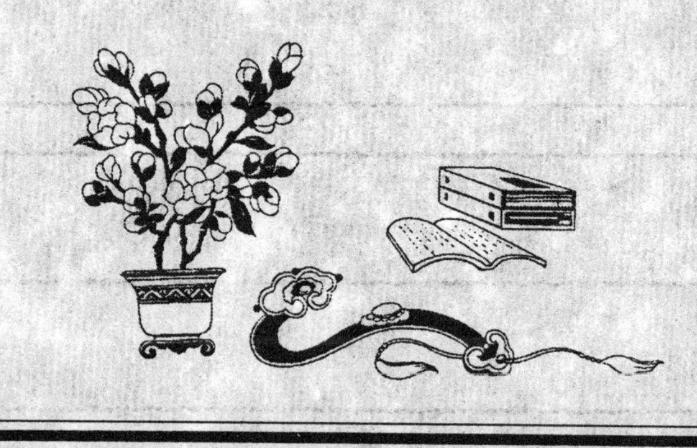

文華叢書書目

人間詞話（套色）（二册）
三字經·百家姓·千字文·弟子規（外二種）（二册）
三曹詩選（二册）
千家詩（二册）
小窗幽紀（二册）
山海經（插圖本）（三册）
元曲三百首（二册）
六祖壇經（二册）
天工開物（插圖本）（四册）
王維詩集（二册）
文心雕龍（二册）
片玉詞（套色、注評、插圖）（二册）
世説新語（二册）
古文觀止（四册）
四書章句（大學、中庸、論語、孟子）（二册）
白居易詩選（二册）
老子·莊子（三册）
西厢記（插圖本）（二册）
宋詞三百首（二册）
宋詞三百首（套色、插圖本）（二册）
宋詩舉要（三册）
李白詩選（簡注）（二册）
李清照集·附朱淑真詞（二册）
杜甫詩選（簡注）（二册）
杜牧詩選（二册）
辛弃疾詞（二册）
呻吟語（四册）
東坡志林（二册）

文華叢書

東坡詞（套色、注評）（二册）
花間集（套色、插圖本）（二册）
孝經・禮記（三册）
近思録（二册）
長物志（二册）
孟子（附孟子聖迹圖）（二册）
孟浩然詩集（二册）
金剛經・百喻經（二册）
周易・尚書（二册）
茶經・續茶經（三册）
紅樓夢詩詞聯賦（二册）
柳宗元詩文選（二册）
唐詩三百首（二册）
唐詩三百首（插圖本）（二册）
孫子兵法・孫臏兵法・三十六計（二册）
格言聯璧（二册）

浮生六記（二册）
秦觀詩詞選（二册）
笑林廣記（二册）
納蘭詞（套色、注評）（二册）
陶庵夢憶（二册）
陶淵明集（二册）
曾國藩家書精選（二册）
飲膳正要（二册）
絶妙好詞箋（三册）
菜根譚・幽夢影（二册）
菜根譚・幽夢影・圍爐夜話（三册）
閑情偶寄（四册）
傳統蒙學叢書（二册）
傳習録（二册）
搜神記（二册）
楚辭（二册）

經典常談（二册）
詩品・詞品（二册）
詩經（插圖本）（二册）
園冶（二册）
裝潢志・賞延素心録（外九種）（二册）
隨園食單（二册）
遺山樂府選（二册）
管子（四册）
墨子（三册）
論語（附聖迹圖）（二册）
樂章集（插圖本）（二册）
學詩百法（二册）
學詞百法（二册）

戰國策（三册）
歷代家訓（簡注）（二册）
顏氏家訓（二册）
*元曲三百首（插圖本）（二册）
*史記菁華録（三册）
*列子（二册）
*李商隱詩選（二册）
*珠玉詞・小山詞（二册）
*酒經・酒譜（二册）
*夢溪筆談（三册）
*劉禹錫詩選（二册）
*隨園詩話（四册）
（*爲即將出版書目）

★爲保證購買順利，購買前可與本社發行部聯繫
電話：0514-85228088　郵箱：yzglss@163.com